新潮文庫

しあわせのねだん

角田光代著

しあわせのねだん　目次

昼めし　977円
008

Suicaカード　5000円、定期入れ　4500円
016

ヘフティのチョコレート　3000円
021

電子辞書　24000円
029

健康診断　0円
035

蟹コース　5820円
040

すべすべクリーム　4500円
046

コーヒー　2.80NZドル、ヤムヌア(牛肉サラダ)ごはんつき　8NZドル
052

理想的中身　40000円
062

ねぎそば　390円
070

鞄　59000円
076

空白　330円
083

想像力　1000円
091

しあわせのねだん

昼めし
977円

七時半に起きて牛乳を飲んで仕事場にいく。八時から仕事をはじめる。これが私の毎日である。仕事を終えるのは、きっかり午後五時。週に三日は体を鍛えにいくので午後三時半に終了。ちなみに土日は休み。残業、休日出勤、いっさいなし。

職種が人に与えるイメージというものは歴然としてある。バレリーナはケーキを馬鹿《ばか》食いしなさそうだし、教師はまじめそうな感じがする。お相撲さんはたくさん食べそうだし、デザイナーは住まいもお洒落《しやれ》そうである。私は物書きなので、物書きに対するイメージというものが欠落しているのだが、世間の対応を見ていると、それがどんなものかよくわかる。

昼ごろ起きて夜じゅう仕事して朝眠る、ときとして何時間もぶっ続けで書いて何日も眠る、というものが世間の人の抱く物書きのイメージらしい。仕事場を借りるとき、「夜騒ぐに決まっている」という理由で断られそうになった。この不動産屋は、どういう理由でか、物書き及びその周辺の人々の生活は昼夜逆転と信じていた。夜、大勢の編集者が仕事場に出入りして、ぎゃんぎゃん騒ぎ、アパート内の住人の迷惑になると思っていたらしい。漫画家と小説書きと雀士《ジャンし》がごっちゃになったようなイメージである。

仕事は朝の八時から五時までしかしません。と説明すると、不動産屋はなんとなく気の抜けたような顔で私を見て、結局部屋を貸してくれた。

私も職種にイメージを持っているからとやかくは言えないが、ケーキ馬鹿食いのバレリーナも、食の細い相撲とりも、八時五時残業なしの物書きもいるのである。

役所の人間のようだ、とよく言われる。お役所勤めの人の勤務体系はよく知らないんだけれど、きっと似ているんだろう。自分の仕事に役所制度を導入したのは三十歳のときだ。それまでは、どちらかというと不動産屋のイメージに近い生活をしていた。十時すぎに起きて、朝昼兼用の食事をして、テレビが「いいとも」に変わるころ、あー仕事せにゃな、と思いつつ「いいとも」を最後まで見て、それからようやく机について、ぼうっとして、夜になると友達が数人やってきて宴会をして、空が白むころ眠る。

生活を切り替えたのは、三十歳の決意とか大人の自覚とかではなくて、そのとき交際をはじめた男性が会社員だったからである。会社員とつきあうには会社員のような暮らしをしないとすれ違う。飲みにもいけない。土日も遊べない。かような理由で交際相手の勤務会社と同じ労働体系を導入したのである。このときは、九時から五時まで仕事をし、土日休みであった。

その会社員とはわかれたのだが、労働体系だけは残った。以来ずっと、平日九時五時労働でやってきたのだが、最近になって、なんだか仕事が増え、気がつけば時間が足りず、でも残業はしたくないしスポーツジム通いもやめたくないから、一時間くりあげて、八時五時労働になった。

人はなんにでも慣れるし、慣れるといろんなことがどうってことない、と最近思うようになった。

物書きの八時五時労働はめずらしいのか、さまざまな質問を受ける。たとえば、そんなふうに時間を区切って頭が切り替わるものなのか。五時五分前に筆がのりにのって止まらなくなることはないのか。十二時半に筆がぴたりと止まってしまいもう何も思い浮かばぬということはないのか。ああやる気でねえというときはないのか。天気がよくてスキップしてピクニックにいきたくなったりしないのか。等々。人は慣れる。八時になると私は黙々とキーボードを打つ。うららかな天気でも、やる気がでねえときでも、黙々と打つ。煮詰まったらべつの仕事に切り替えてまた黙々と打つ。五時五分前には終業だということしか考えていない。かなしいかな、終業ベルを心待ちにする小心者に、筆がのりにのってくれたりはしないのである。昼八時から五時の仕事時間の合間、十一時半から十二時半までが昼休みである。昼休みには、近隣の飲食店に昼食をとりにいく。私の仕事場周辺には巨大企業がいくつかあり、彼らをあてこんでどの飲み屋も食堂もランチ営業をしている。十二時に出ると店が混むので、少しは早めの十一時半に昼休みになるという次第である。この三十分が、自由業の特権だと私は思っている。ああ、なんとしょぼくれた特権だろうか。

私はごはんを食べるのが好きである。グルメというのでなくて、ただ口がいやしいのである。

最近気づいたのだが、私はほぼ一日じゅう、次の食事のことを考えてすごしている。

たとえば八時に仕事をはじめる。すでに昼食のことを考えている。小説を書きながら頭の隅で、今日の気分と、近隣の飲食店で供される食事のすりあわせを、懸命にしているのである。

なんか麺《めん》。麺類が食べたい。汁ではない麺。とするとパスタ。魚パスタよりむしろ肉パスタ。いや違う。微妙に違う。焼きそばか。五目あんかけ焼きそば。いや何か違う。もっとガツンとしたものが食べたいような気がする。と、午前中のあいだ、ずううううっと考えているのである。十時半にはだいたい決まる。よし、今日はあの店の焼きそばにしようっと。あー早く十一時半にならないかなあ。

十一時十分ごろ、それが翻《ひるがえ》る。やっぱパスタにしーようっと。あのパスタ屋の茸《きのこ》クリームにしよう、決め決め。だいたいそれが最終回答になる。

十一時半にいそいそと仕事場を出、頭のなかを茸クリームパスタ一色に染め上げて商店街を小走りし、そして目当ての店が休みだったり満席だったりすると、一瞬世界がゆがむような絶望を感じる。が、絶望に浸り続けることを空腹は許さず、「ほんじゃ当初の案で焼きそばにゴー」と切り替え早く路線変更と相成る。

ちなみに今日の当初の予定は超人気店のキムチ炒飯《チャーハン》であった。しかし十一時三十三分に店に到着すると、もう行列ができている。並ぶのが嫌いな私は一瞬の絶望と立ちなおりを経て、カレー屋に赴いた。

キムチとカレーの共通項は辛さである。私は辛いものが食べたかったのかと、カレー屋の席について思い知る。

このカレー屋のカレーは辛さの調整ができる。辛いものが病的に好きな私は以前、最高級の激辛を頼んだ。「とっても辛いですけど平気ですか」とお店の人が親切に忠告してくれた。「けっ、激辛がとっても辛くなくてどうすんだい」と心中で毒づきながら「平気です」と私は答えた。しかしほんとーうに辛かった。完食後には寒気がした。胃が熱いのに全身が寒くて、鳥肌まで立ち、めまいがし、だるくて立っていられない。仕事場に帰って私は数分寝こんだ。恐怖の激辛は以来、避けている。今日はほうれん草とカッテージチーズの大辛である。

辛いものが好き、ということを私はふだん恥じている。理由はわからないが、なんだか大手をふって自白できないのである。仕事場の近くにもう一軒チェーンのカレー屋があり、やっぱり辛さの調節ができる。こちらは辛さが十段階に分かれている。私が好んで食すのは十辛、いちばん辛いものなのだが、この店ではなぜか「十辛」と注文してすんなり通じた試しがない。「えっ、十？　十でよろしいですか？」と念押しされたり、「一？　一辛ですね」と聞き間違えられたり、「チーズカレー十辛」と頼んだのになぜかポークカレーが運ばれてきたりするのである。この店で「十、十、十辛です！」と幾度叫んだことか。そのたび恥ずかしい思いをしている。

カレー後帰ってきてお茶を飲み、十二時半にまた仕事。仕事をはじめるなり、今度は夜ごはんのことを考えている。

「房子は立ち上がり、携帯電話を手にとった」と小説の続きを打ちこみながら、頭のどこか、小説書きには使っていない部分で「えーと昼はカレーだったからカレーシチューの類《たぐい》はやめよう。何か焼いた肉が食べたいな。そうだ豚。豚が食べたいな。アスパラ巻いてグリルでかりかりに焼いたものにしよう。つけあわせはモヤシとにんにくの茎炒《いた》めはどうか。ごぼうが残ってるからそれはきんぴらにして……」と、ずうううっと考えている。五時まで。

私が自宅で料理をするのは週に三日か四日である。あとはだいたい外で飲んでいる。

仕事関係の人と酒を飲む場合、場所は指定されることが多いので、その日の午後は比較的心が穏やかである。何が食べたいか、迷い悩むことがないからである。しかし何も考えないかといえばそんなことはなくて「今日は阿佐ヶ谷《あさがや》の焼き鳥。たのしみだなあ。どんな焼き鳥なのかなあ」と考えてはいるのだが、何しろ知らない店なのでそれ以上想念が続かない。「どんな焼き鳥なのかなあ」を八回くらいくりかえしたところでおとなしく何も考えなくなり、

「そして房子は立ち上がり、携帯電話を」とぱちぱち打ち続けるのみになる。

眠るときも私は食べもののことを考えている。明日の昼は何食べようかなあ。寒いから讃岐《さぬき》うどんがいいんじゃないか。そういや最近蕎麦《そば》を食べていない。天麩羅《てんぷら》蕎麦なんかいいなあ。あ、今蕎麦って思ったら炊《た》き込みごはんが浮かんだ。いちばん食べたいのは炊き込みごはんだ。よし、明日は釜飯《かまめし》食べよう。

けれど朝起きたらその最終結論はすっぱり忘れていて、午前八時、コンピュータの前に座るやいなや、何食べようかなあ……と考えはじめている。

八時五時というのは、私の労働時間でもあり、食をめぐる瞑想《めいそう》時間でもある。

自動改札になってから、定期入れをぺろんとめくって機械にぺたんとくっつけて颯爽《さっそう》と改札を通り抜ける人たちを、ずうっと羨《うらや》ましく思いながら見ていた。定期券と縁がない。平日に毎日通う仕事場は家から徒歩五分だし、毎週一度いくボクシングジムは隣の駅だが、ジムにいくのに定期券というのもなんだかオーバーだ。

Suicaカード

5000円

定期入れ

4500円

あああの、ぺろん、ぺたん、という動作、やってみたいなあ。そんなことを思っていたら、Suicaカードの存在を知った。定期だけでなく、プリペイドカードもあるという。カードにはかわいいペンギンの絵がついている。

これで私にも「ぺろん、ぺたん」のチャンスができた、と思いこんだものの、私はなかなかカードのシステムがわからず、買いにいくことができないでいた。

頭の回転がゆっくりなうえ、世間一般に対して小心な私は、ああいうあたらしい製品を自分の生活のなかに取り入れるのにたいへん難儀する。

たとえばコンピュータがそうだ。みないっせいにコンピュータを使いだし、メール交換などたのしくとりおこない、原稿もメール送信で手軽にやっているさなか、いいなあ、でも私には一生縁のない話なんだろうと、指をくわえて見ていた。

ワープロの具合が悪くなって、ようやく心を決め、知り合いにつきあってもらってコンピュータを買いにいったものの、このわけのわからない機械で原稿を打ち、なおかつ送る、ということがどうしてもこわくてできず、結局具合の悪いワープロをなだめすかして原稿を書き、印刷し、従来どおりファクスで編集部に送る、ということを、ずいぶん長らくしていた。原稿も書かずテキストも送らない私のコンピュータは、友達とのメールのやりとりのみに使われていた。ずいぶん高いメール箱である。

そのうち、編集者たちに、「コンピュータがあるならメールでテキストを送ってくれ」との要望が相次ぎ、無視していたら、「私が教えにいきます。すぐ覚えられます」と名乗り出る人もいたりして、あわてて覚えた次第である。

現在は、ほとんどの原稿をメールで送っているが、やっぱりなんだかこわい。何がこわいのかよくわからないが、仕組みがよくわからないからこわいのである。Suica カードもなんだかこわい。券売機のなかに「Suica カードチャージ」の機械があるが、どうやって買うのかわからないし、機械の前でおろおろしているうちに長蛇の列ができ、「どの馬鹿《ばか》がぐずぐずしてるんだ」と背後の客から怒られるのもこわい。

でも気になる。「ぺろん、ぺたん」がやりたい。

Suica カードの機械を、横目でちらちら眺めることほぼ一年、あるとき友達が Suica カードの用途をわかりやすく説明してくれ、買いかたを教えてくれると言った。私は彼について券売機にいき、どきどきしながら紙幣を機械にすべりこませた。

かんたんに買えた。なーんだ、かんたんじゃん。これで「ぺろん、ぺたん」ができる、とほくそ笑んだものの、まだ問題がある。「ぺろん、ぺたん」は、定期入れがないとできないのである。

もちろん、生の Suica カードを自動改札に押しつければいいのだが、私がやりたかったのはあくまで定期入れをぺろんとめくってぺたんと押しつける、その行為だった。

初のSuicaカードを用いて、私は新宿に定期入れを買いにいった。

定期入れをもてるなんて、十数年ぶりである。私は興奮していた。定期入れを買う、買わない、というだけで人生の彩《いろど》りが違う。定期入れのない人生なんて、参る人のない墓場のようだ。

定期入れにはものすごくたくさん種類があった（しかしなぜ定期入れは女性の財布コーナーにないのだろう）。私は口をぽかんと開けてそのひとつずつに見入った。1000円くらいのものから数万円のものまである。

「私は大人なんだから、大人らしい定期入れにしよう」と、数万円に手を伸ばしたものの、「しかし月に数度使うのみのSuicaカード入れに数万円……ばっかじゃないの」と貧乏根性が頭をもたげ、私はぐるぐる売場をまわる。理想はあくまで「ぺろん」と開けるタイプがよかったのだが、ぺろん型であまりすてきなものはない。

結局、迷いに迷って4500円の非ぺろん型（つまりカード型）の定期入れを買った。どうだ、これで私も立派なぺたん派として生きられる。

Suicaカードを使いはじめて気がついたのは、切符代というのはけっこう馬鹿にならない、ということである。ボクシングジムと、月に数回都心へいくだけなのに、5000円チャージしてもすぐに残り少なくなる。自動改札に表示される「残金いくら」の表示が、1000円近くになってくると、すきま風の吹く四畳半に正座している気分になる。それですぐさま5000円ぶんチャージする。

不思議なもので、金額が見えなければなんとも思わないのに、残金がいちいち提示されるとむかっ腹が立ってくる。不当に搾取《さくしゅ》されている気分になる。「こないだ5000円入れてあげたのになんでもうなくなんのよー？　新宿に二回、隣駅に三回いっただけじゃんかっ」私は心の内で悪態をつく。Suicaカードの残金を減らしたくないためにわざわざ切符を買ったりすることもあり、こういうとき、私は自身に深い謎《なぞ》を覚える。軽い失望も。

しかし、券売機の列に並ばず、ぺたんと定期入れを押しつけて、颯爽《さっそう》と改札をくぐり抜けるのは、未《いま》だに気分のいいものである。Suicaカード5000円プラス定期入れ代4500円は、私にとって「ぺたん」代なのである。高いのか安いのか、ちょっとわからない。

ヘフティのチョコレート
3000円

三十六年間生きてきて、未だかつて男子にチョコレートを渡したことがない。というのが、私の自慢であった。自慢になり得るか否《いな》かはべつとして。学生のとき所属していたサークルで、女子がくじ引きで男子の名を引き、その男子にチョコを渡すという奇習が一時期あり、後輩だった私はなかば命令に近いその奇習に従っていたが、しかし、みずからの意志でチョコレートを贈ったことはただの一度もないのである。

男ってチョコが好きか？　という疑問がまずある。たとえばわたしは鮑《あわび》が食べられない。機会を得て幾度かチャレンジしてみたが、ついぞ好きにはなれなかった。さらにたとえば三月三日が鮑デーだったとしよう。この日は男が愛する女に鮑を贈るのが習わしなのである。私は鮑なんか絶対ほしくないし、その代用に炙《あぶ》りトロや明太子《めんたいこ》などと言われてもほしくない。だいたい、だれが定めたか知らない習わしに従って「鮑、鮑」と手をこまねいている姿がみっともないし、だれが定めたか知らない習わしに従順に「なんかあげなきゃ、あげなきゃなんか」と焦《あせ》る男もみっともない。

チョコレートを好きな男もいるだろう。けれど「チョコ、チョコ」男も「あげなきゃ、あげなきゃ」女も、鮑デーと同じように好ましくない。そんなわけで、ひとりバレンタインデーに反旗を翻《ひるがえ》していたのである。ところが今年のバレンタインデー。私は突如チョコレートを購入したい気分になったのである。

これはいくつか理由があると思う。まずチョコレートの種類の増加があげられる。私が若いむすめだったころは、今ほどチョコレートの種類は豊富ではなかった。都心の入り組んだ路地をくまなく歩けば、舶来もののチョコレート屋があったのかもしれないが、当時、自宅と学校を行き来するような生活圏には日本のメーカーのものしかなかったように記憶している。デパートに赴いても、ゴディバ、マキシムくらいしか買えなかったのではないか。

それが昨今、何も都心の入り組んだ路地をさまよい歩かずとも、近所のデパートにいけばじつにいろんなチョコレートが購入できる。デメルとかね。ポール・エヴァンとかね。

そしてバレンタイン近くなってくると、チョコレート売場が設営され、有名店から無名店から直輸入店から時期限定店まで、目がまわるくらいたくさんのショップが並ぶ。

一月もなかばごろから、私んちにはデパートからのDMがきて、開くとほぼ全部チョコレート売場の宣伝だった。けっ、ばーか、などと思う隙《ひま》もなく、私はそのDMに見入った。へえー、有名パティシエの限定品ねえ。ほほう、ベルギー直輸入ねえ。まあまあ、おフランスのこのチョコレートはこの時期だけしか日本では買えないのねえ。

各デパートによるチョコレートちらし攻撃は、さしてチョコレート好きでもない私にもじわじわと効果を及ぼした。あげたい、というよりも、買いたい、味わいたい、と購買意欲を妙にあおる。よっしゃ今年は買うべ、と私はひそかに決意した。

デパート側の作為にまんまとひっかかったわけである。

そして初チョコ買いの他の理由として、私の年齢ということがある。男になんかチョコをあげてたまるかい、わけのわかんないものに踊らされやがってよう、資本主義社会がよう、というような若き日の気骨が、もはやないのだ。チョコレート？どうぞどうぞ。愛の告白、いいねえ、いいですねえ。という、なんでもどうでもいいおばさん気分。

なんというか、私の気分はバレンタインデーの甘美な響きとはまったく反比例してやさぐれていくのだが、皮肉なことに、そうなるとチョコレートを買いたくなってくる。一月末から日本を染めるバレンタインムードに染まり、踊らされたくなってくる。

それで、バレンタインの前日、私は某デパートのチョコレート売場へと赴いた。地下食料品売場には、ごていねいに「チョコレート売場はこちら」の貼《は》り紙が至るところにある。それに従って奥へ進み、そして度肝を抜かれた。

そこにはすさまじい光景が展開されていた。フロアの一角はショップごとに細かく区分けされ、迷路状になっており、そのスペースだけ、ものすごい数の女たちが押し合いへし合いして群がっている。こういうの一度テレビで見たことある。離れた位置に立ち尽くし私は思った。ロシアの物資不足のときの映像がこんなんだった。あとモスクワにはじめてマクドナルドができたときもこんなふうだった。トイレットペーパーがなくなったときの白黒映像もたしかこんなふうだった。今はいったいいつの時代？　そしてここはどこ？

呆然《ぼうぜん》としていても仕方ない、私はその混雑のなかへ意を決して突入した。突入したものの、押し返されて気がつけば元の迷路入り口に戻っている。ありゃりゃ。もっと気合いを入れて突撃しないとチョコレートは買えないらしい。

このデパート売場に出店されているチョコレート屋の種類はものすごい数だった。聞いたことのないブランドが目白押しである。当然、私はそれをひとつひとつ飽きるまで眺め、手にとり、さらに眺め、吟味し、もっとも希有《けう》な一品を選び出したいのだが、人の群れはショーウィンドウに近づくことも許さない。私は人の頭の隙間《すきま》から、ショーウィンドウに並んだチョコレートを垣間見《かいまみ》た。

好きな男にチョコレートをあげるために、この売場では女たちの闘争心が剝《む》き出しになっており、隙間から人が入りこんでチョコレートに近づくことをだれも許さない。足を踏まれ、肩を押され、脇腹《わきばら》を小突かれ、髪をひっぱられ、拳固《げんこ》でアッパーカットを決められ……というのは大げさであるが、しかしそれに近い状態が繰り広げられている。

女たちの闘争本能の狭間《はざま》で、クラゲのようになすがままにゆらゆらと意志とは反対方向へ移動し、次第にぼわーんとしてくる頭で私は考えた。三十六年間知らなかったが、チョコレートを買うってこんなにもたいへんなことなんだ。ちょっと男。ちょっと男、どうよ。女たちはこんな思いをしてチョコレートを奪い合うように買っているのだ。これが愛の姿なのだ。男よ、きみは見たことがあるのか、愛のすさまじさを。

私は女の偉大さに敬服せずにはいられなかったが、しかし、もし男がこの「我先に闘争」を見たら、チョコレートなんておそろしくて口にできないのではないか。

比較的空《す》いている店を選び、二本の足を踏ん張って店の前に陣取り、博物館で秘宝を見るように人の隙間からチョコレートを凝視した。チョコレートは段階ごとに値段がつけられている。1000円、2000円、3000円、5000円。やっと店の前に陣取ることができたのに、私はこの値段を見てまた迷う。バレンタインデーのチョコ相場はいくらなのか。この値段は愛の重さに比例するのか、それとも単なる記号か。

私とその横に立つ女の隙間に、ベビーカーをぐりぐりと押しこんで若妻が入ってきて、私を押しのけ、「この1000円の、1000円のを三つ！」と叫んでいる。ベビーカーのなかで子どもは泣いている。1000円を三つか。この若妻は夫とほかの男たちと分け隔てないチョコレートをあげるのだな。思索している私をさらに押しのけ、若い二人の女がきて、試食品のチョコレートを食べあさっている。食べたらさっさといなくなった。元の位置に戻りかけた私をふたたび押しのけ、香水の風呂《ふろ》に入ってきたような女が1000円のチョコレートを買っていく。続けざまに押しのけられたせいで、何かがキレかけた私は弾《はじ》けるように香水女を突き飛ばし、「この3000円のをください！」と叫んでいた。この2000円差が私の闘争心なのかもしれなかった。

並み居る強豪たちと闘い抜き、獲物を手にし、疲れ切って私は家路にたどり着いた。その夜恋人にそれを渡すと、彼は女たちの闘いなど露とも思い浮かばない風情《ふぜい》で、わーいチョコレートだー、と蓋《ふた》を開け、ぽいぽいっと二、三個口に放り投げた。

私は未だ闘争現場にいるかのごとく彼を押しのけ、負けじとチョコレートを口に入れた。格別のおいしさがあった。

バレンタインデーがあのように血を見る女祭りだとは知らなかった。祭りは参加したほうがやっぱりたのしい。来年に向けて体を鍛えよう。チョコレートをむさぼり食いながら私はそう決意した。

電子辞書

24000円

世のなかには電子辞書というものがあるらしい。薄っぺらい計算機みたいなもののなかに、広辞苑《こうじえん》や英和・和英・英英辞書が入っているらしい。そんなことってあるのか！　ドラえもんグッズでもないのに。

三月初旬のとある日、その驚異的な小道具を見るために私はヨドバシカメラにいった。

たしかに、電子辞書コーナーというものがある。携帯電話をでっかくしたようなものがずらりと並んでいる。国語辞典も漢和辞典もことわざ辞典も英和・和英・英英辞典も、はてはフランス語、ドイツ語、イタリア語、中国語辞典も、なんでもかんでも入っているらしい。

しかし果たしてこれは便利なものなのか。

私はおそるおそるひとつを手にとり、電源を入れた。便利なものかどうか理解するためには、何かためしに調べてみないといけない。しかし何を調べたらいいのだろう。「こっぱ」と打ってみた。とくに意味はない。

するとと数秒もたたず「木っ端《こっぱ》」と出てくる。しかも「木っ端大名」「木っ端天狗《てんぐ》」「木っ端拾い」などと知らない言葉もずらずら出てくる。

一瞬にして自分がヨドバシカメラにいることを忘れ、私はわくわくとそれらの意味を調べていった。ほほう、ほほう、なるほどう！　これは使える！

私が何に対してわくわくしていたかといえば、小説書きのことを考えていたのである。

このちいさなちいさな機械は、私の知らない言葉をたくさん知っている。木っ端天狗が威力のない天狗だと教えてくれる。

小説を書いていて「えーと、ほらなんていうんだっけ……威力のない天狗みたいな人のこと」と悩んだときに、これをぷちぷちと押せば、「木っ端天狗」とすぐさま教えてくれる。私は迷うことなく小説を書き進められる。「まったく木っ端天狗のような彼を見て、私は失望するとともに、不思議な安心感を覚えたのも確かだった」などと、つらつらと書き連ねることができるではないか。

値段を見ると24000円。これは高いのか安いのかわからない。ここに内蔵されている辞書すべてを揃《そろ》えることを考えたら安いだろうが、フランス語だのドイツ語だのの辞書など買わないと思うと高い気もする。しかし小説書きが格段に楽になることを思えばやはり安いのではないか。

そのとき連れが私の手元をのぞきこみ「こっぱ……」と不思議そうにつぶやいた。我に返った。果たして私は威力のない天狗のような男が出てくる小説を、一生涯のうちに一度でも書くことがあるだろうか。

木っ端の項目をあわてて消し、ごまかすようにメニューページに切り替える。なんと！　この薄っぺらい機械には、「困ったときのお助け英語自遊自在」「ビジネス英語自遊自在」「英会話とっさのひとこと」「冠婚葬祭マナー事典」まで入っている。

よく異国を旅する私に、「とっさのひとこと」はうってつけだ。「とっさのひとこと」を開くと、その場面にふさわしい会話を選べるようになっている。私は「カジュアルな会話」を開き、例文をまじまじと見た。

同意を求める、わからない・知らない、聞き返す、感想、状況を聞く、あいづちをうつ、言葉につまる、など、たくさんの項目がある。「言葉につまる」の英訳を選んで押す。

「のどまででかかっているんだ」これを英語でなんと言う。調べてみて、びっくりする。そうかそうか、そう言えばいいのか。では「まいったな」は？　へえええ、へえええ。

これはやっぱりすごく便利……と思いつつ、また我に返る。とっさの一言というのは、まさにとっさに必要なのであって、「とっさ」は広辞苑によれば「ちょっとの間、たちどころ、瞬間」なわけで、その機械をぷちぷち押していたんでは「とっさ」はたちどころに去ってしまう。

と、ここまで考えて、私はふいに深い自己嫌悪《けんお》に襲われた。

結局私はけちん坊なのではないか、と思ったのだ。財布を開き24000円出す理由を、血眼になって捜しているのである。24000円以上のことをこの機械がしてくれないのなら、絶対に買いたくないのである。語彙《ごい》豊富なすばらしい小説や、スムーズに進む異国旅行を、あんたが絶対確約してくれるのねと、このちっこい機械に向かって問うているのである。なんてみみっちい人間だろう。

自己嫌悪から逃れるべく、ずっと握りしめていて汗で湿った電子辞書を手放し、数歩うしろに下がって、電子辞書売場に群がる人々を眺めた。親戚《しんせき》や子どもの入学祝いに電子辞書を買い求めにきた人が圧倒的に多い。そうか、今の学生はあの分厚い辞書を鞄《かばん》に入れなくともいいのか。つぶした学生鞄に辞書が入らないために教室に置きっぱなしにして、結果家で宿題ができないという問題にぶつかることはないのか。……というよりも、現在、つぶした学生鞄を持っている学生は生存しているのか謎《なぞ》であるが。

客のなかには酔っぱらったおじさんもいた。「おれはねえ、北京《ペキン》！　北京に留学してたの！　ついこないだ帰ってきたの！　だーから、中国語の辞書が入ったのがほしいわけ」と店員に声をかけ、「中国っていうのはね、あんた、すごおく広いのよ、おれは北京に留学してたのよ、そこで××さんてえ人にお世話になっておてがみ送りたいの」延々しゃべっている。

ともかく電子辞書売場はそういう人たちでたいへん混んでいた。みんな、私のように値段以上のことを血眼になって電子辞書に求めているわけでもなさそうだった。

日本はゆたかな国だなあ。

せこいことを考えている自分がいやになって、結局電子辞書を買った。カシオの、みず色のかわいい辞書である。現在、小説書きに飽きると、私はこれをぱたんと開き、仕事とまったく関係ない故事ことわざ辞典などで、「青菜に塩」だの「一箪《いったん》の食、一瓢《いっぴょう》の飲」だの引いて「ほううう、ほううう」と深くうなずいている。一見現実逃避だが、いつの日か語彙の豊かな小説に役立つかもしれない。かもしれない。

健康診断　0円

会社員がうらやましいと心底思う点はふたつある。ひとつはボーナス、ひとつは健康診断だ。

　私はフリーランスなのでボーナスもなく健康診断もない。不公平である。春がくると、編集者たちがいっせいに健康診断話に花を咲かせるのを、いつもうらやましく思っていた。肝脂肪って何？　ガンマGTPって何？　中性脂肪って何？　不整脈って何？　何何何何、教えてえーっ。と、いつも狂おしく思っていた。

　このあいだ、私んちの近所の病院に友人のSさんが入院し、お見舞いにいったのだが、その病院に「健康診断」の貼《は》り紙を見つけた。自営業者のための、区が主催する健康診断である。毎年行われているらしいが、どこでいつやっているのか、今までなんにも知らなかった。誕生日の前月までに葉書で申しこむそうである。Sさんのおかげで知ることができた。

健康診断っていったって区がタダでやっているんだし、血とおしっこをとるくらいで、肝脂肪とかガンマなんたらとかの関係ない、簡単なものなんだろうな、と侮《あなど》りながら病院にいったのだが、じつに立派な検査であった。レントゲン、心電図、眼底検査、検尿検便、血液検査、癌《がん》検診まである。こんなにあるのにタダなのだ。なんてお得なんだろう。

すべて受け終え、ほくほくして病院をあとにした。

検査結果がすべて「異常なし。良好。ブラボー」なことは薄々わかっている。わかっているなら健康診断なんて意味ないじゃないか、と思われるかもしれないが、タダで「ばっちし健康」の証《あかし》が得られるならすばらしいではないか。

私は病気と縁がない。風邪で発熱という事態にも、八年に一度くらいしか遭遇しない。

それから、同年代の女性より、かなり運動量が多い。自慢だと断っておくが、週に三日、きちんとスポーツジムに通っているのだ。一カ月や二カ月の話じゃないですよ、もうまる三年そんな生活。えっへん。

検査結果、早くこないかなあと待つこと二週間。ある日ポストに病院からの封筒を見つけた。部屋に戻るまで待ちきれず、エレベーターのなかで封筒を引きちぎり中身を取り出した。

そして絶句した。「要医療」の文字が目に入ったのである。

何何何何、どこ、どこが悪かったのか。もどかしく紙切れを見ていく。レントゲン、異常なし。検尿検便、異常なし。眼底検査、心電図異常なし。

右ページに、見たことのない表があった。そのなかには私がつねづね羨《うらや》ましく思っていた「ガンマGTP」だの「血糖値」だのといった言葉が並び、私の数値が書きこまれている。エレベーターを下り自宅の玄関にしゃがみこんで、私はその数値をひとつずつ見ていった。

基準値をはるかに超えた項目を、ひとつ発見した。

中性脂肪である。中性脂肪って何何何何？　私はすばやく携帯電話を取りだし友達にメールで訊《き》いた。数秒後、「どろどろ血」という簡潔な答えが返ってきた。

ああ、どろどろ血だったのか。私、どろどろ血だったんだ。あーんなに運動しているのに、どろどろ血。ばっちし健康だと思っていたのに、どろどろ血。ショックのあまり、頭のなかでそればかりリフレインされる。

覚えがないわけではない。私は野菜が嫌いで肉と乳製品が好きなのだ。放っておくと肉しか食べない。しかも検査日は誕生日付近だった。いつもなら、健康のためとやむなく野菜もとるようにしているが、三月の前半、生誕祭りと称して好きなもの（つまり肉）ばかり食べていた。昼ドリア、夜ステーキ。昼ステーキ、夜イタリアン（前菜、メインともに肉というすさまじい組み合わせ）。昼ドリア、夜ハンバーグ。昼豚丼《ぶたどん》、夜焼き肉。そんなんばっかし。結果どろどろ血。

どろどろ血はさておき、しかし、自分の詳細が書かれた紙切れって、なんて興奮的に楽しいんだろうと検査結果を見ながら私は思った。

検査結果は占いに似ている。もちろん科学的根拠を起点にすればそれらは両極端に位置するが、「どうやら自分だけのことがそこに描かれている」という点において、両者は同じだ。そして、自分のことなど自分が一番よく知っているのに、その紙切れには自分の知らない自分の姿があるようで、食い入るようにして見てしまうところなんか、まったくそっくりである。

私は占いを読むように検査結果を読んだ。あんだけ酒を飲むのに肝臓は立派なものである。もっと飲んでもよし。あんだけ煙草《たばこ》を吸うのに肺もきれいなもんである。もっと吸ってもよし。……といった具合に。読み方が間違っていることは重々承知の助ですが。

蟹コース

5820円

食べる、と、飲む、が、べつの行為であることを最近になって知った。

「ごはん食べましょう」、夜の時間にそう誘われることは、私にとってずっと、「酒を飲みましょう」という意味合いだった。この誤解によって、ささやかながら今まで多々の問題があった。

二十代なかごろのとき、よく「ごはん食べにいきましょう」と誘ってくれる編集者がいた。それは私のなかで自動的に「酒を飲みましょう」と変換される。酒を飲むのは好きなので、誘われるたび私はひょこひょこ出向いていった。

ところがこの編集者が連れていってくれる店は、なぜかいつもコース料理の店だった。中華、イタリア料理、フランス料理、和食、みなコース。もちろん、コース料理を食べながら酒を飲むには飲む。けれどそれは私の考える「飲む」とはたいそう違う。

私は元々小食なのだが、酒を飲むとますます食べられなくなる。居酒屋のカウンターによく、冷や奴《やっこ》だけをつまみに延々飲んでいる親父《おやじ》とかいるでしょう、あんな感じだ。その逆に、腹いっぱいごはんを食べると思う存分飲めなくなる。別腹などとよく言うが、私はかなりキャパシティの狭いひとつ腹なのだ。

件《くだん》の編集者が連れていく店は、私に思う存分飲むことを許さない。コース半ばで満腹すぎるのと酒が入らないのとで、顔には出さずとも私はだんだん不機嫌になるのがつねだった。いいや、このコース地獄を乗り切ったら二軒目は酒しか置いてない店にいって思う様飲んでやる、とひそかに決意するのだが、二軒目にいっても満腹で酒が入らない。二十代の私はごはんなんかよりよっぽど酒が好きだったから、これはかなりの苦行であった。苦行ついでに、編集者がだんだん憎らしく思えてきた。まったくもって自分勝手な怒りであるが、「ごはん食べましょう」と言われても、誘いにあまりのらなくなってしまった。それを機にその編集者との仕事もしなくなったところが我ながらおそろしい。飯ものばかり食べさせて酒を思う存分飲ませない、という理由で。

「ごはん食べましょう」と「酒を飲みましょう」には明確な線引きがあるのではないか、と、ふと思いついたのは去年のことだ。人には「ごはん派」と「酒派」がある。前者が「ごはん食べましょう」というときは、実際ごはんを食べるのだ。後者の「ごはん」は「酒を飲もう」と同義である。しかし人はそもそも「私はごはん派」「おれは酒派」などと名乗っていないから、意味合いが混同して面倒なことになる。酒派とごはんを食べにいくのに腹が減っていなくても平気であるが、ごはん派と出かけるときはしっかり空腹にしておかなければならない。この二者のいちばんわかりやすい区別は、デザートだと私は思う。

ごはん派はかならず食事の最後にデザートを食べようとする。酒派は、そこがイタリア料理屋だろうがフランス料理屋だろうが、デザートのメニュウをひととおり眺め「やっぱワインもう一杯」「食後酒でしめよう」などとつぶやいてメニュウをへろりとわきへよける。それで延々飲み続ける。

デザートを喜んで食べていた人からの誘いは「ごはん」だし、デザートなしの人の誘いは「酒」。これは三十七歳にしてようやく私が学習した真実である、と思う。

先日、祝いごとがあって、友人と「何かうまいものを食べよう」ということになった。「ぱあっと飲むのではなく、食べるに重きをおいてみよう」と私たちは話し合い、蟹《かに》蟹蟹、と友人が主張し、私はさほど乗り気ではなかったのだが新宿のかに道楽に赴いた。

乗り気ではなかった理由は、蟹嫌いなのではなくて（むしろ大好き）、ある記憶があるからだった。このかに道楽に、件のごはん編集者と、二十代のころきたことがあるのだった。当然私は飲むことを期待してやってきたのだが、かに道楽はコース料理が主である。蟹料理が、延々、延々、続いた。またこれかよ……と、出続ける料理に辟易《へきえき》しながら、蟹なんかに負けるもんかと急にやけになって、私は酒をがばがば飲んだ。なぜだかそのとき、いろんなことが気にくわなかった。赤い絨毯《じゆうたん》とか、突然目の前で琴の演奏をはじめた和服女とか、蟹のかたちの灰皿とか、終わらない料理とか、甘酢とか、ほじほじスプーンとか、もう全部。記憶のなかで蟹はあんまりおいしくなかった。このコースも半ばごろでリタイアした。コースの半分しか食べられなかった私は「レッドロブスターの蟹のほうが断然おいしい」と結論を出し、以後、かに道楽には近づかなかったのである。

そして十数年後のかに道楽。絨毯は赤かったが琴演奏の気配はなかった。私たちは座敷席でメニュウをじいいっと眺め、5820円のコース料理に決めた。最初にビールを一杯だけ飲んで、とりあえず今日は酒厳禁と決め、蟹味噌《みそ》からはじまるコースに取り組んだ。

小食の私は、食事のあいだに休憩すると胃が膨れる。すべて食べ尽くすために、休みなくもりもりと食べた。そして四品目の三種蟹比べの皿をむさぼり食っていて、ある事実に気づき愕然《がくぜん》とした。うまいじゃん、かに道楽！　じつにうまいじゃん！

コース料理の全容は、蟹味噌、蟹サラダ、卵豆腐の蟹あんかけ、三種蟹比べ、ズワイガニの網焼き、蟹天麩羅《てんぷら》、ごはん、味噌汁、デザート。酒を控えたぶん、全部食べられた。いつもなら「酒をデザートにしよう」とするところを、ちゃんとデザートをデザートとして味わった。

「ほほう、これがごはん派か……」くちた腹をさすり、私は感慨ひとしおであった。ごはんを食べる、というのと、酒を飲む、というのは確かに違う。二十代のころは食べられなかった蟹味噌をおいしいと思えるように、ごはんを食べるというのもなかなかいいものだと知った。

二十代の私は、ほんとーうに子どもだったんだなあ。ものすごい偏食だったこともあって舌が子どもだった上、ごはんを食べる楽しみを知らなかった。ごはんを食わせると言って怒っていたんだもんなあ……。蟹コースの5820円には、少々大人になった実感も含まれている。

帰り道、若い人でごった返す新宿を駅に向かって歩きながら、ごはんを食べましょうと誘ってくれた件の編集者に、たいへん申し訳なかったとしみじみ反省したのだが、しかし、今ではすっかり疎遠《そえん》になったこの編集者が、「カクタは飯を食わせないと原稿を書かない」と言いまくっているらしいと、数人の人たちから聞いたことがある。なんという誤解、なんという皮肉だろうかね。

すべすべクリーム

4500円

私は一般婦女子よりだいぶずぼらだ。だいいち風呂《ふろ》が嫌いである。私と交際する男子がみな共通して言う言葉に「風呂くらい入ったらどうか」というのがある。

女性雑誌を何気なく見ていたら、各界で活躍する数人の女性が「夜にかけるスキンケアの平均時間」というアンケートに答えていた。これには驚いた。夜の入浴後、三十分、一時間と答えている人がざらにいたからである。

三十分も一時間も、いったい何をするんだろう。私は二分である。風呂から出、化粧水を顔にはたきクリームを塗って終わり。「彼女たちを見習って少し長くしてみよう」と思い、ゆーっくりゆーっくりそれらをやってみたが、五分にもならない。

毎年、年のはじめになんらかの誓いをたてて紙に書いている。「愛と成功」とか「重版」とか「喜ばしい日々を送る」とか「仕事をしない」とか。

今年の誓いは「輝かんばかりの女になる」にした。ずぼらであることにほとほと嫌気がさしたのだ。

「輝かんばかり」という言葉には、しかし私なりの遠慮がある。ずぼら人間が一気に「輝く女」にはなれないのだ。「輝かんばかり」は、「輝く」の一歩手前。なんだかよくわからないけど、輝きそうだぞ、輝く気配があるぞ、という消極的な感じ。

今は四月。誓いをたててから四カ月経《た》っているが、輝かん気配はまるでない。そりゃあそうだ、だってなんにもしていないんだもん。どうやったら人は輝かんばかりになるんだろう、私はそこから考えはじめた。

やっぱり夜のスキンケアに時間を割くべきではないか。しかし、何をして三十分も一時間も時間をつぶそう……。

はたと思いついたのが、全身クリームである。風呂上がりに全身クリームを塗れば、三十分くらいあっという間に過ぎてしまうのではないか。

「輝かんばかり」の女を目指して、伊勢丹《いせたん》新宿店にいった。

私は伊勢丹新宿店を信奉している。困ったときには伊勢丹新宿店である。ここにはなんでも売っているし、なんというかこのデパートは私をやる気にさせるのだ。

実際、一階の、化粧品コーナーを歩いただけでもうやる気になった。「夜のスキンケア三十分、どんとこい！」である。居並ぶ化粧品売場の合間をさまよっていると、すごく近しい未来、自分が目指すとおりの正しい人間になれる気がしてくるから不思議だ。この錯覚は、別名物欲と呼ぶのだろう。

スキンケア商品の店、オリジンズに吸いこまれるようにして入ったものの、現ずぼら女の私には、何がなんだかさっぱりわからない。シャンプー、リンス、トリートメント、バスソルト、化粧品、整然と商品の並ぶ棚を前に呆然《ぼうぜん》と立ち尽くす。私は理解を一瞬にしてあきらめ、近くにいた店員に「風呂上がりに、全身塗るのに三十分はゆうに必要なクリームはどれでしょう」と訊《き》いた。

「は？」おねえさんはにこにこと首を傾《かし》げる。質問を端折《はしょ》りすぎたようだ。

「風呂上がりに塗って、肌がつやーっとするクリームはどれでしょう」言いなおすと、

「保湿クリームですね」おねえさんは丸っこい容器をささっと三つ取り出して私の前に並べた。

これは紅茶のにおい、これはハーブ、これはオレンジ、と、蓋《ふた》を開けてにおいを

嗅《か》がせてくれる。私は犬のように容器に鼻を近づけながら、保湿クリームってなんだろう……とぼんやり考えていた。

「これってにおいが違うだけで効き目はおんなじなんですか」

「そうですね。あとこちらが新製品になります。これは成分に中国のお茶が入っていて、老化を防ぐ効果があります」おねえさんは新しい容器を持ち出してくる。中国のお茶がなぜ全身クリームに入っているのかわからないが、「老化を防ぐ」にはぐらっときた。防いでもらおうじゃないの、老化。

「それください」私は即座に言った。

ラッピングをはじめたおねえさんのわきに私はぴたりとはりつき、彼女を質問責めにした。

「これは風呂上がりに塗ればいいのですね。どの部位にどれくらいを塗ればいいのですか。体のどこにも塗っていいのですか。腹にも足の裏にも手にも塗っていいのですか。毎日塗るんですよね」

おねえさんは私の質問の意味が、あんまりよくわからない様子だった。ずぼら女には、こういうことはままある。ずぼら故《ゆえ》に、ずぼらでない人には当然のことでも、よくわからないことがたくさんあるのだ。

たとえば、基礎化粧品を買いにいったとき、店員は「お肌の調子はどうですか」と訊《き》く。この商品を使って何かトラブルはないか、肌具合はどうかと訊かれているのは理解できるが、ずぼら女にとって「肌の調子」は自分で理解するものでなく人が指摘してくれるものだ。「にきびが多いね」と、自分ではそんなことちっとも気づかない。人に言われて「はっ、そういえば最近ポテトチップスの一気食いを三晩続けた……」と気づくのである。

だから、「お肌の調子はどうですか」と訊かれると、「どうでしょう?」と私は顔を突き出すのだが、店員はいつも戸惑っている。

髪もしかり。美容院にいくと、担当美容師は毎回「こないだのスタイルはどうでした」と訊く。「評判がよかったです」だの「若返ったと言われました」だのとたいてい私は答えるが、美容師はいつもはてなマークの顔で、それはよかった、とあいまいに笑う。非ずぼら女は、「自分でセットしやすかった」だの「髪が傷《いた》みはじめてきた」だのと答えるらしいと、最近知った。

オリジンズのおねえさんも、「体のどこにもって、この人はいったいどこまで塗ろうという気でいるのかしら、まさか臍《へそ》の奥にまで？」というような笑みで「どこにでも塗って平気です。量は、適宜としかいいようがないですね」と言った。適宜ねえ……。適宜の塩、胡椒《こしょう》なら加減がわかるんだけど。

しかし私は「ああ、適宜ですね」と、非ずぼらであるようなふりをしてうなずき、商品をもらって帰ってきた。

買ってから数日は、ものめずらしさで、風呂上がりに鏡の前に立ち、鼻歌をうたいながら全身くまなくクリームを塗りたくった。これはほんのり桃のにおいがする。桃のかおりにつつまれると、「輝かんばかり」がすぐそこまで私を迎えにきているような、幸福な気分になる。

けれど、どんなにがんばっても、全身クリーム塗布に三、四分しかかからない。そしてその、三、四分の手間ですら、一週間後にはもう面倒になっている私である。ああ、輝かんばかりの女になるのはいつのことなのか……まあ、「輝かんばかりのおばさん」とか「輝かんばかりの婆《ばあ》さん」でも、いいんだけれど……。

コーヒー

2.80NZドル

ヤムヌア
(牛肉サラダ)
ごはんつき

8NZドル

見知らぬ場所に旅行にいく。そこでなんにも見ないことは、じつはたやすい。何か見た気になって、知った気になって、理解した気になって、ああ楽しい思い出ができたと記憶するけれど、じつは何も見ていなかったということは、よくあるのではないか。

まだ学生だったころ、ツアー旅行でエジプトにいった。これはじつに豪勢な旅で、ホテルはいつもすばらしかったし、食事も毎回こぎれいなレストランだった。とても楽しい旅だったけれど、あの旅行で、私はなんにも見ていなかったなあと思うことがある。

何を見たか、何を見なかったか、というのは、ツアー旅行か個人旅行かという違いではなくて、その場所でお金を使うか否《いな》かではないかと私は思うのだ。

件《くだん》のエジプト旅行だが、すべてツアー代金に含まれていて、ほとんど財布を出さずに日が過ぎた。ピラミッド見学も、博物館入場も、食事も宿泊も。自由行動の一日に、市場をまわり、しつこくねぎって買いものをしたり、お茶を飲んだりしたけれど、それはまるでアトラクションの一環というか、「お金を使う」という疑似体験に近かった。

お金を使う、というのは、もっとなんというか、生々しいことなのだと思う。彼《か》の地でお茶一杯がいくらするのか、安食堂の食事がいくらなのか、バスの初乗り料金がいくらなのか知らずに旅行していた私は、未《いま》だに、エジプトがどんなところなのか知らない。ピラミッドの石の感触や、だだっ広い宮殿の陽のさしこみ具合や、スークと呼ばれる市場の埃《ほこり》っぽさは覚えているが、お金の感覚が欠落しているだけで、そこが何か遠い場所に思えてしまう。

ほんのときおり、お金のまったくかからない取材旅行というものがある。取材を依頼した側が、ホテルも食事も移動費も全部出してくれる。数年前、こうした取材をはじめて依頼されたときは、万々歳でその旅に臨んだ。だってタダで旅行できるのだ。旅好きな私としては、こんなにうれしい仕事はない。

このはじめての取材旅行、本当にお金がかからなかった。取材のためのスケジュールは、朝早くから深夜までびっしりと組まれていて、自由行動もなく、お茶一杯飲むのでも仕事仲間全員で赴くから、払う係の人がつねに払う。ああ、こういう仕事が毎年二、三回はあるといいんだけどなあ、と、旅のあいだは思っていた。けれど帰ってきて、ちょっと愕然《がくぜん》とした。あまりにも記憶が薄いのだ。取材は充分したし、仕事もきっちりできたのだが、その場所がどんなところだったのか、まるでわからない。何かを見た、知った、理解したという気分が、いつもの旅より格段に薄い。お金を使っていないからだと、しばらくしてから気づいた。

ついこのあいだ、またもや取材でニュージーランドにいった。編集者とカメラマン、それに通訳と案内をしてくれる現地在住のコーディネーターさんの四人で、ニュージーランドの北島を約十日間、ぐるぐるまわった。

こういう場合支払い係は依頼者である編集者（出版社）で、ほとんどいつも四人で行動しているから、お金の使いどころがあんまりない。食事はもちろん、休憩のお茶も、財布を出さずにすんでしまう。

ニュージーランドに早朝着いて、そのまま取材へとなだれこみ、飛行疲れでへろへろへろだった私はぼんやりと、レンタカーに乗りこみ、取材場所へと向かい、へろへろのまま取材場所の人の話を聞き、連れていかれるままカフェの椅子《いす》に座り、出されるままコーヒーをじゅるじゅる飲んで、ミートパイをばくばく食べた。飛行機から降りて一度も横にならないまま夜になり、食事をし、ホテルの部屋に戻ってさらにへろへろ状態でその日見聞きしたものごとを書き留めて、はたと我に返った。

このままではいけない。このままずっと、出される茶を飲み出される食事を食べ出されるワインを飲んでどこかへ連れていってくれる車に乗りこんでいたら、また私はニュージーランドを見ずに、知らずに、理解せずに旅を終えてしまう。だいたい、一日移動して、二食食べて、コーヒー一杯がいくらか知らずに眠るなんて尋常じゃない。

そんなことを胸の内でぶつぶつつぶやきながら、ニュージーランド紙幣を旅用財布にせっせと移してから眠りについた。

明くる日から、取材の合間合間、ニュージーランドの物価とにらめっこするようにして過ごした。

ニュージーランドのコーヒーの平均価格は2ドル80セントである。1ニュージーランドドルが約70円だから、円換算すればおよそ200円弱。円換算をしなくても「2ドル80セント」が骨身にしみて理解できるようになると、その場所は少し見えてくる。

その国の物価というのはじつに様々で、今回のように仕事ではなく、ひとりで旅をしていると、ものの価格がわかってこないとなかなか行動できない。ものの価格を理解するためには、「基準価格」を自分のなかにうち立てないといけない。この、基準価格がなかなかに難しい。コーヒーというのは、一番とっつきやすいが、案外基準になってくれないのだ。

たとえばあなたが旅行者として東京を訪れたとする。セルフサービスの店のコーヒーが200円、居酒屋のビールが500円、タクシー初乗りが660円、JRの最低料金が130円、マクドナルドのセットが500円前後、ラーメン600円前後、煙草《たばこ》300円前後……あふれる値段のなかで、何を基準にして東京の物価を理解するだろう?

ある作家が、どの国でも、靴と娼婦《しょうふ》の値段は比例すると書いていた。生憎《あいにく》、旅先で靴にも娼婦にも縁のない私は、じつにオーソドックスに、定食屋の値段を基準値にする。レストランやカフェ飯ではなく、定食屋。東京の、飾り気のまったくない定食屋で一回ごはんを食べて、たぶん５００円か６００円程度だろう。そこから考えて、タクシー初乗りの６６０円は高いと思うからタクシーにはまず乗らないだろうし、休憩時にカフェでビールを飲むときは少々の贅沢《ぜいたく》と自覚して飲むだろう。

スペインではコーヒー一杯よりグラスワインのほうが格段に安かった。タイではコーヒーといえばネスカフェで、それよりはジュース類のほうが安く、シンハビールはそれらよりかなり高い。モロッコになると、コーヒーよりミント茶のほうが格安で、しかもおいしく、疲れがとれる。そんなわけで、コーヒー値段は最初に目につきはするものの、あまりあてにならないのだ。

さてニュージーランド。サンドイッチ、ミートパイの類《たぐい》は4ドル前後。レストランのサラダ10ドル前後、メイン料理が20ドルぐらい。そんな具合に、財布を握りしめて取材を続けていたのだが、大都市オークランドに戻ってきて、理解しはじめていた物価がいっぺんにわからなくなった。

オークランドには現在、アジア人が大挙して引っ越してきて、あちこちでアジア料理店を営んでいる。ここ数年で、アジア関係の料理屋、スーパーマーケットは雨

コーヒー　2.80NZドル、ヤムヌア(牛肉サラダ)ごはんつき　8NZドル

後の筍《たけのこ》状態だそうだ。

ドミニオンストリートなどは、もう完全にアジア通り。両側に、中華料理、タイ料理、韓国料理店のネオンサインがぴかぴか光り、そこがオークランドだということを一瞬忘れるほどである。

旅の前半、ほとんど人の姿が見られないような田舎をまわり、毎度毎度ニュージーランド料理を食べていた私たちは、アジア通りの存在を知るやたがが外れたようになって、食事といえばこの通りを目指した。焼き肉を食べ、マッコリを飲み、「うんと辛くして」と注文つきでタイ料理を食べ、香港かと見まごうような飲茶《ヤムチャ》屋で飲茶をむさぼり食べた。フィッシュアンドチップスも羊料理もキッシュもミートパイもおいしいが、しかしアジア料理にはかなわない。

これらのアジア料理の値段が、ちょっと馬鹿《ばか》みたいに安いのである。スチームボード（タイ風しゃぶしゃぶ）がおじやつきでひとり8ドル、タイの牛肉サラダ、ヤムヌア激辛がごはんつきでこれまた8ドル。ワゴンで運ばれてくる料理を好き放題選んで食べる飲茶が、ひとりあたり16ドル。コーヒー2ドル80セント、サンドイッチ4ドルと比べたら、破格に安い。アジア人って計算に疎《うと》いんじゃないの、と言いたくなる。安いばかりではない、どの店も衝撃的なおいしさ。東京でこれほどおいしい店には出会ったことがないし、本場でも、かなり運がよくないと遭遇できない類の店ばかり。

物価的にかなり混乱した私だが、しかし、サンドイッチとアジア料理のこの格差、この混乱が、今のニュージーランドなんじゃないかとも思うのだ。

ニュージーランドは、他の場所と比べて受容的な国である。何もかも受け入れる。それはたった十日程度の旅でもよくわかる。アジア的寛容さとは微妙に違う。たぶん、歴史と風土に裏打ちされた受容なのではないかと旅のあいだ思った。

アジア人が大挙して押し寄せて、アジア通りを作り、繁華街にも次々とアジア語の看板を掲げても、それはけっして排されず、そこにしっくりなじんでいる。そういう場所だから、人々はここへ集まってくるのだろうし、集まってきたらきたで、自分の場所を永続的に確保するのに必死なのだろうと思う。少しでも他よりおいしいものを、少しでも他より安く。そんなシンプルな商売魂が、アジア街の価格破壊を起こし、またそんな居場所獲得の闘いとはまったく無縁なところで、フィッシュアンドチップスを食べ羊を食べるニュージーランド人の生活も同時に存在しているのだろう。

アジアの食料品店で出される野菜は、すべてニュージーランドの土地で作ることができるらしいと聞いた。もやしも、白菜も、葱《ねぎ》も。この土地の豊かさは、田舎をまわっているとしみじみとわかる。痩《や》せた土地が見あたらず、また格段に人口が少ないから、有り余るほどの食料がある。経済的に裕福でなくとも、食べるものがあるというのは圧倒的な安心感だと思う。この国の受容姿勢は、そんな安心感から生まれたものでもあるのではないか。

最終日、午前中に少し時間ができて、私はひとり町を歩いた。季節は秋で、空がすこんと高かった。町は、職場へと向かう人たちが行き交っていた。とはいえ人の数はさほど多くなく、車もあまり走っていない。朝食を食べていなかったことに気づいて、ちいさなカフェに入ってショーケースを物色した。慎重に私が食べものを選んでいるあいだ、職場へ向かう人たちがあわただしく入ってきては、ぽんぽんと何かを買って店を出ていく。ハムエッグサンドイッチを選び、レジでコーヒーを注文した。店の主《あるじ》は、私が英語をまったく解さないと思ったようで、コーヒーがセルフサービスであることをゆっくりゆっくり説明し、砂糖とミルクの場所、それらをどれだけ入れてもいい旨《むね》くりかえし、レジを打った。店を出るとき、「よい一日をね！」と彼は大声をかけてきた。ふりむくと満面の笑顔で手をふっていた。ごくありきたりな挨拶《あいさつ》だけれど、オークランドで過ごす最後の一日、いい日にならないはずがないと思わず確信してしまう、神さまの言葉みたいに胸に響いた。神さまのさりげない祝福と朝ごはん、4ドル80セント也《なり》。

コーヒー　2.80NZドル、ヤムヌア(牛肉サラダ)ごはんつき　8NZドル

理想的中身

40000円

私は財布にお金を入れない。いや、入れるのだが、入れる額が非常に少ない。カードをたくさん持っていて現金を持ち歩かない、という主義でもない。ただ、入れ忘れるのだ。

2000円、3000円程度しか財布に入れずに歩いていることがしょっちゅうある。そんなに少額で困ることはないのか？　とお思いでしょう。困ることは多々あるのです。

いつだったか、友達と飲みにいったのだが、その日がたまたま友達の誕生日だった。じゃあ今日は私が奢《おご》るよ！　と、意気揚々と宣言して韓国料理屋にいき、さんざっぱら飲み食いして、さて会計の段、財布を開くと5000円しかない。レジスターはその倍くらいの金額を打ち出している。結局、「すみません、お金貸して……」と友達に泣きつく羽目になり、二軒目は誕生日の友達が奢ってくれた。

「あんたいったいいくら持ってたの？」二軒目の店で友達が訊《き》いた。

「5000円」と答えると、彼は呆《あき》れ顔で、

「5000円しか持たずに、よく得意満面で奢ると言い切れるねえ……」とぼやいていた。

もっと深刻に困ったこともある。二年くらい前のことになるが、ある夏の日、恋人と伊豆に泳ぎにいった。日帰り海水浴だったので、私たちは早朝に東京を出た。東京駅で伊豆行きの切符を買って、ようやく私はお金をほとんど持っていないことに気がついた。切符を買ったら500円しか残金がなかったのだ。

でも、まあ、目的の駅で降りたら銀行くらいあるだろう、とタカをくって電車に乗りこんだ。朝ごはんを食べていなかったので、弁当を買うために恋人にお金を借りた。

「ねえ、今いくら持ってるの？」

出発地点でいきなり借金をしている私に恋人が訊く。

「500円」

私は答えた。恋人は口をあんぐり開けて私を見、はっと我に返って自分の財布を確認しだした。

「朝いきがけに銀行しまってたからおれも10000円ちょっとしかない。帰りの電車賃をそこから差し引くと、おれたちお昼ごはん食べられないよ」と、悲壮な声を出す。

「きっと降りる駅に銀行があるよ」私は言った。

「もしなかったら? 海の家でシャワー借りたりパラソル借りたりもできないかも」

「だーいじょうぶでしょ。だって10000円もあるんでしょ」

私は言い、言いながら、人ってのはずいぶんちがうものだなあ、と感心した。10000円持っていても安心できない人もいれば、5000円しかないのに安心しきっている私のような人もいる。しかし、彼は10000円ではいかに足りないかを、具体的数字を出して説明し出した。帰りの電車賃が二人ぶんでいくら、シャワーを借りるとしたらいくら、パラソルはいくら、昼飯はいくら、ビールはいくら……そして私はようやく気づく、10000円など焼け石に水だということに。

しかし、きっと銀行がある、お金をおろせばノープロブレム。そう思いながら窓の外を見ていたのだが、電車はどんどん山間《やまあい》へと入っていく。停車駅に着くたび、銀行の看板を捜して周囲を見渡すが、それらしいものは見えない。

銀行がなかったら……銀行がなかったら……お金をおろせなかったら……お昼ごはん抜きはまだしも、東京に帰ることもできなくなる！　事態がどれほど深刻か、はじめて理解した。

小学生、いや、二十歳の若造ならまだしも、三十をとうに過ぎた女が、「帰れなくなるかも」と青くなっているなんて、本当に情けないことこの上ない。

果たして、目的地には銀行がなかった。かき氷屋、おみやげ屋、喫茶店などがぽつぽつ並んでいるだけで、銀行もしくはATMのあるコンビニエンスストアはまったく見あたらない。海沿いにあるホテルに駆けこんでみたものの、やっぱりお金をおろせる機械やサービスはなし。

私たちは戦々恐々としながら、それでも某《なにがし》かのお金を払って海の家で着替え、パラソルを借り、残金を計算しながら海で泳いだ。昼近くになって、さすがに心配になった私は水着の上にTシャツをはおり、

「ちょっくら銀行を捜しにいってきます」と海岸を離れた。恋人は止めなかった。

町をさまよってみたけれどやはり銀行は見あたらず、仕方なく私は「観光案内所」に入って、暇そうにしているおばさんに「一番近い銀行はどこでしょう」と訊いた。

隣の駅までいけば静岡銀行がある、とおばさんは教えてくれた。ていねいに時刻表まで調べてくれた。私は水着にTシャツという出《い》で立《た》ちで、隣駅までの切符を買い、二十分ほどしてやってきた電車に乗りこみ、隣駅の静岡銀行にいった。キャッシュディスペンサーからお金が出てきたときは心底ほっとした。

お金の入った財布を持って駅に向かうが、しかし次の電車は一時間ほど待たないとこない。私はここへ何をしにきたか？　時刻表を見つめぼんやりと考えた。海水浴にきて、そのほとんどの時間を銀行の往復に使うって、かなしすぎないか。結局、タクシーで元のビーチまで戻った。何をやってんだかねえ。

こんなに生々しいこわさを味わっているのに私は学習せず、財布にお金を入れない。

コンビニエンスストアで財布を開けたら２００円しか入っておらず、銀行に走ってお金をおろしても一度戻るとか、タクシーに乗ったはいいものの財布を確かめたら1000円しかなく、1000円を超えるぎりぎりのところで下ろしてもらって歩いて帰ったり（深夜だった）、日常茶飯事である。

一度、タクシーで、やはり財布にお金がなく、手持ちの金額のところで下ろしてくれと頼んだのだが、そこに着くまでに雨が降り出したことがある。「あー、雨だよ、しょうがねえよ、乗せてってやるよ」と、家まで乗せてくれた運転手さんがいた。その親切心に感動し、また財布にお金を入れない自分を恥じて、以降、絶対お金はよぶんに入れておきますねと、仏さまみたいな運転手の後頭部に向かって祈りを捧《ささ》げたのだが、しかしやっぱり入れ忘れる。ちなみにこのときの金額は、後日、本人宛《あて》に現金書留で送りました。

財布のなかにお金がなく、しかも銀行が見あたらない、ということは紛れもない恐怖である。かつて「エコノミカル・パレス」という経済小説（私的には経済小説）を書いていたとき、貧することは恐怖以外の何ものでもないと思ったものだが、銀行のないところで手持ちのお金がないというのは、たとえ口座に5000万円あったって、貧することと同レベルの恐怖をうむ。

現にともに海水浴にいった恋人は、以来、近所を散歩するときにもたくさんのお金を財布に入れて歩くようになった。あの日の恐怖が頭に焼きつけられているのだ。いっしょに歩く私は財布にお金を入れない女だから、何かあったとき二人が困らないような額を入れている。何かあったとき、を言い換えると、それはつまり、早朝出発して銀行のない町に二人していくようなとき、であり、そんなこともう二度とないよ、と私は思ってしまうから、いつまでたっても学習しないのである。

同い年の友人に、何か買う目的もとくべつないふつうのとき、財布にお金をいくら入れるのが常識か、訊いてみた。彼は、年齢を四捨五入した数×1000、と明快な答えを返した。二十七歳なら四捨五入して1000をかけて30000円。二十一歳なら20000円。

今の私は三十七歳だから、つまり40000円、である。そんな計算式、はじめて聞いた。しかし40000円が財布にいつも入っていれば、銀行のない海水浴場にいっても、コンビニエンスストアにいっても、タクシーに乗っても、誕生日の友達に奢ってあげると豪語しても、青くなることはないだろうと思われた。

よし、私も彼を見習おう。年齢にふさわしい所持金とともに歩こう。コンビニエンスストアで、漫画雑誌とかお菓子とかビールとか煙草《たばこ》とかカウンターに並べて、やだお金ない、すぐおろしてきますと店を走り出ていくなんて、三十七歳の女が、何回も何回もやってたら、人格に疑問をもたれるのではないか。かたく決意し、財布にお金を入れることを心がけているのだが、書きながらふと不安になって財布を調べてみたところ、３０３７円と、どこの国のだかわからない銅色のコインが一枚、入っていた。なんでこうなるのかねえ。

ねぎそば

390円

立ち食い蕎麦《そば》屋に入る人というのは、立ち食い蕎麦屋好きなんだろうとずっと思っていた。

立ち食い蕎麦屋の蕎麦は独特である。唖然《あぜん》とするほどまずい、ということはあっても、困っちゃうくらいおいしい、ということはまずないし、しかも、席関係がひどく曖昧《あいまい》だ。

私の家の一番近くにある立ち食い蕎麦屋は、中央に楕円形《だえんけい》のテーブルがあり、そのまわりにぐるりと椅子《いす》が置いてある。楕円テーブルの真ん中には、半透明の仕切りがひとつ。混んでいるときは、知らないもの同士が楕円テーブルにずらりとつく格好になる。椅子は固定されていて、椅子と椅子の間隔はひどく狭い。このテーブル、仕切りがあるとはいえさほど大きくないので、なんだか大家族の昼ごはんみたいな風情《ふぜい》になる。

それって恥ずかしいでしょう？　恥ずかしいよねえ？　少なくとも私は、まったく知らない人と、家族の昼ごはんみたいな格好で、蕎麦をすすりたくはない。半透明の仕切りごしに向き合い、隣の人と腕をくっつけて。

立ち食い蕎麦屋によって店内の形態は異なり、カウンターだけで実際立って食べる店とか、ガラス張りの窓に向けてカウンターがある店とか、ちいさいがテーブル席がある店とか、様々だ。しかしどんな店でも、隣の人との間隔が狭いこと、テーブル席でも相席になる可能性が高いこと、知らない人と向き合う可能性が高いことは共通している。

しかしこの立ち食い蕎麦屋、大学生になったときの私の憧《あこが》れナンバー3のうちのひとつだった。ほかのふたつは、回転寿司《ずし》屋と牛丼《ぎゅうどん》屋である。

立ち食い蕎麦屋も牛丼屋も回転寿司屋も、二十年ほど前は今と少し趣が違った（と書いて、十八歳だったころが二十年前であることに気づき愕然《がくぜん》とした）。女の子がひとりでふらりと立ち寄れる感じではなかったし、カップルでさえ、ちょっと入りづらかったのではないか。それまで女ばかりの学校に通っていて、高校を卒業した私には女友達しかいなかったから、なおのこと縁がなかったのだ。

親しい男友達ができたら絶対に、立ち食い蕎麦屋、回転寿司屋、牛丼屋に連れていってもらおうと私はかたく決意していた。男の友達はすぐにできたが、しかし、何か非常に頼みづらい。そういうところに連れていってと頼むのは、なんだかずいぶん親密な行為に思えたし、そこまで親密な男友達はいなかった。

結局私がその三種の店を完全制覇するのは、大学二年生になってからである。一年生の半ばにやっとこさできた恋人に、みな連れていってもらった。立ち食い蕎麦屋にも回転寿司屋にも牛丼屋にも独特の雰囲気が漂っていて、私は感動した。どの店も、猥雑《わいざつ》であるのに不思議な静けさが支配している。時間の経過がじつに早く、それでいて、店内には沈殿した時間が漂っている。有無を言わさず長居をさせない、確固とした空気も硬派なものに感じられた。私はその空気を乱さぬよう、必要以上にしゃべらず黙々と食事をして、食べ終えるとだらだらせず、さっさと店を出てきた。

私が一番魅せられたのは牛丼だった。肉好きで野菜嫌いだった私は、すばらしい食べものだと思った。

この二十年のうちに、牛丼屋は価格破壊をおこし、しかも牛丼の姿は消え、回転寿司屋はメジャーなものになってグルメっぽくなり、立ち食い蕎麦屋はメニュウ豊富できれいになった。若い女の子同士が入っていってもなんの不思議もない。私も、どの店にもひとりでいけるようになった。もはや感動などしない。デートで牛丼屋に連れていかれると生意気にも怒るようになった。

それで、思ったのだ。

立ち食い蕎麦屋を愛用する人は、困っちゃうほどおいしいことが決してない蕎麦と、見知らぬ人との接触と、大家族の昼ごはん的雰囲気を、愛している人に相違ない、と。

それが最近、そうではないんじゃないかと思いはじめた。

というのも、このところ、私はものすごく忙しい。仕事も忙しいが、とにかく雑用が多い。郵便局にいく、宅配便を出しにいく、宅配便用の段ボールを買いにいく、ファクスのインクが切れて買いにいく、銀行に手続きにいく、手続きを間違えて訂正にいく、等々、ひとつひとつはたいしたことないが、みな体を動かさねばならず、動かしていると時間がどんどんなくなる。

小説を書くなら小説を書く、とか、郵便局にいくなら郵便局にいく、という具合に、人は本来一日にひとつの用をこなすので精一杯のはずだと信じている私にとっては、たいへんなストレスだし、あわてるから間違ったり失敗したりしてよけい時間がかかる。

それで、昼ごはんを食べる時間がない、という事態にしょっちゅう陥る。自分の人生に昼ごはんを食べる時間がなくなるなんてことがあり得るなんて、今まで考えたこともなかった。けれど、本当にないのだ。

しかし食べないわけにはいかない。世のなかには一食抜いても平気な人がたくさんいるが、私は一食抜くとふらふらになって悪くすればばったり倒れる。本当のことだ。それで、少ない時間に何か腹に詰めこまなければならなくなる。

とすると、食べるものは限られてくる。ファストフードか立ち食い蕎麦である。自分が高脂血症であると判明してから、ファストフードよりは蕎麦を選ぶようにしている。Aという行動とBという行動のあいだの、ごくわずかな時間に立ち食い蕎麦屋にいって、ぱぱっと蕎麦を食べ、ぱぱっと出てくる。忙しさのあまり、また昼ごはんを食べないといけないと切実に思うあまり、大家族テーブルも近すぎる人との距離も、気にならない。

店内を見渡すと、みんな忙しそうである。そうか、と、最近になって私は気づいた。立ち食い蕎麦屋にいく人はこの蕎麦がどうしても好きだというのではなくて、忙しい人たちなのだ。大家族テーブルも他人との不自然な接近も、好んでいるのではなくて気にならないのだ。

友人に、「立ち食い蕎麦屋って忙しい人のためにあるんだよ」とこの発見を伝えたところ、「あたりまえじゃん」と言われた。あたりまえだったのか。

仕事場の近くの立ち食い蕎麦屋には「ねぎそば」というメニュウがあり、これは割合においしい。白髪葱《ねぎ》と細切りの焼き豚をラー油で和《あ》えたものが、あたたかい蕎麦にのっている。私は券売機の「ねぎそば」のところしか見ない。迷っている時間もないのだ。

私はかつて、忙しい大人になんか絶対にならない、とかたく決めていた。だから、現在のように雑務に追われあっちへいきこっちへいき昼ごはんを食べる時間もないよ、という状況は、恥以外の何ものでもない。私は現在恥ずかしい大人なのである。

立ち食い蕎麦屋にあこがれて、恋人ができたらまずそこへ連れていってもらおう、と考えていた十八歳は、たしかに、二十年も前のことなんだなあ。

鞄

59000円

鞄《かばん》を持つのが嫌いである。鞄を持つとどっちかの手がふさがれる。リュックを背負うと体計算が狂う（背中が自分で思うより大きくなっているので、ものにぶつかる）。まったく鞄というやつは不便である。

から手で歩けたらどんなにいいかと思う。実際、私はよくなんにも持たずに歩く。なんにも、といったって、財布くらいは持たなくちゃならない。私の財布は常人のそれよりでっかいのだが、ジーンズのポケットに無理矢理ねじりこんだりして、何がなんでもから手にして歩く。

しかし歩いているうち荷物は増えていく。たとえば本屋によって本を買えば荷物は増えるし、コンビニエンスストアによってペットボトルを買えばまた荷物が増える。鞄がないと、増えていく荷物を全部なまで持ち運ばなければならなくなる。

コンビニエンスストアではぺらぺらのビニール袋に商品を入れてくれるから、そのなかに、買ったものとでっかい財布を押しこんでさらに歩き、本を買ったら本もビニール袋に押しこみ、ほかのものも買ったらまたビニール袋に押しこみ、そうこうしているうち、コンビニ袋はぱんぱんになって取っ手のところがうすーくのびたりして、ずいぶん情けないが、しかし入れる鞄がないからぱんぱんのビニール袋をさげて歩くことになる。

いつだったか、このようにして男友達と繁華街を歩いていたとき、ふと彼が私をまじまじと見、「女の浮浪者のことをさあ、イギリスかどっかではさあ、ショッピングバッグレイディとかなんとか言わなかったっけ?」ぽつりと言った。これは暗に、コンビニ袋に荷物を入れているあんたは女浮浪者みたいだ、と指摘しているのである（暗に、ではないか）。私はそのとき恥ずかしくなった。から手でいたいが、恥ずかしい思いはしたくないのである。以来鞄を持つようになった。

しかし鞄というのは、持つとなるとじつに悩み多きものである。持ちたい鞄と役立つ鞄は違う。役立つ鞄と持ちやすい鞄は違う。服に合う鞄と靴に合う鞄とは違う。

その場所に合う鞄と服に合う鞄は違う。鞄の値段と収納力は違う。まったく鞄ってやつは規則性がなくてんでんばらばらなのである。そうしててんでんばらばらは私を悩ませる。

たとえばの話。見た目がものすごくかわいらしい鞄があって、ものすごく高いけど（想定140000円）、でもどうしても放っておけないかわいさがあって、自分へのご褒美《ほうび》とか馬鹿《ばか》みたいな理由をつけて買うとする。で、この鞄に入るのは、煙草《たばこ》と財布とハンカチとティッシュだけだったりする。眼鏡ケースを入れるとみっともないくらいぱんぱんになる。生理用品だって入らない。

もしくは、眼鏡ケースも生理用品も入るが、手持ちの服どれに合わせてもなんか似合わない。

もしくは、手持ちの服どれに合わせても合うが、結婚式やパーティやそういう「何かのとき」に活躍してくれない。

もしくは、普段着にもパーティ着にも合い眼鏡ケースも生理用品も入るが、二年後にはなんだか流行遅れでへん。

そうなのだ、140000円出したって、鞄は140000円分のことを解決してくれないのだ。これじゃあ困るでしょ。私はもっとわかりやすいのが好きなのだ。100グラム110円の牛肉と、100グラム5000円の牛肉と、どんな味覚音痴だってわかる違いがある。20000円の冷蔵庫と150000円の冷蔵庫にしても、性能と大きさとデザインとが異なるって、だれにでもわかる。150000円の冷蔵庫がビール一ケースしか収まらないのに対し、20000円のほうが、ノンフロン省エネ3ドア新鮮野菜室、かってに氷、ラップ不要、自然解凍機能つきじゃ、困るでしょ。

靴とか服だって、鞄よりいかほどわかりやすいか。量販店で買った服は正しく量販店ぽいではないか。靴は、履きやすいとか履きにくいとかあって、50000円でも履けないピンヒールもあるが、これは私の足が外反母趾《がいはんぼし》だからで、10000円のズックよりは20000円のズックのほうがはるかに履きやすいし、長持ちする。ズックはもちろん鞄のごとく、結婚式にもパーティにも無理だし、服を選ぶが、でも、履きやすさとデザインの好みと長持ちを考え合わせれば、ま、いっか、と許せるのである。140000円のズックなんてのもないわけだし。

ね。みんな正しく、おのれの個性と分をわきまえて、顧客の前に並んでいるのだ。

鞄だけ。鞄だけだ、無秩序でてんでんばらばらで好き放題しているのは。女友達を見ていると、みな、各種鞄を持っていらっしゃって、この服のときにはこれ、とか、荷物の多い日にはこれ、とか、パーティにはこれ、とか、お洒落《しゃれ》したい日はこれ、とか、あるようだ。コンビニ袋出身の女にしてみれば、そんなふうに鞄を甘やかしていいのか、である。

鞄を持つようになってこのかた、私は一鞄主義である。いや、主義というのはおげさか。各種そろえるセンスと愛情がないだけなのだから。しかしとにかく、一鞄主義である。鞄一個でもうなんにでも合わせる。どこにでも持っていく。なんでも入れる。流行も季節も選ばない。このような私の酷使に耐えうる雑草鞄でないと買わない。

今現在の一個鞄は、正方形で、なんでも入るが、さすがに長く使っているのでくたびれてきた。しかも、近ごろ荷物が多くなって（本を持ち歩く機会がなぜか増えた）、なんでもは入らなくなってきた。それで鞄を買うことにした。その決心が半年と少し前。以来、ずうっと、見た目が好みで、収納力が今のものよりあり、なんにでも合い、流行も季節も選ばないものを捜し続けて幾星霜《いくせいそう》だった。

おとつい、たまたま通りがかった店で、「お」と思い、新しい一個鞄になり得そうなものを見つけた。捜すのにもほとほと嫌気がさしていたから、買った。消費税抜きで59000円だった。高いのか安いのか私にはわからない。靴ならずいぶん高いと思うが、しかし高いぶんだけの活躍はしてくれるだろうから、まあ妥当、と思うかもしれない。しかし、何しろ鞄ってやつはてんでんばらばらだから、一見妥当そうに見せて、100円ショップより役立たずなんてことがあり得るからね。

とりあえず格段にものは入るようになった。今までの一個鞄は、単行本を四冊入れるとぱんぱんになったが、新しいものは六冊入れてもだいじょうぶ。なんで単行本を六冊も持って歩いているのか不思議だが、入れなきゃならないものが入るのはありがたい。が、六冊入れると相当重く、持っていたらなんだかむかむかしてきた。たくさん入るってことはそのぶん鞄は重くなるということに今さらながら気づいた次第。これだから鞄ってやつは。

ところで、ずっと前、テレビで心理ゲームをやっていて、お題が鞄だったことがある。三択の答えが用意された質問がいくつか続く。鞄をいくつくらい持っているか(使えない古いものもずっと捨てずにとってある、TPOに合わせて持っている、一個もしくは二個だけを使いまわしている)、どのくらいの周期で買い換えるか(ほとんど買わない、気に入ったものがあったら買う、ほとんど衝動的にしょっちゅう買う)、などという質問である。

その心理ゲームの回答というか、鞄が何をあらわしているのかといえば、異性であった。鞄をぽんぽん買う人は異性もぽんぽん受け入れ、使えない鞄までしまいこんでいる人は過去の恋人を長く引きずる、とかなんとか、そういう類《たぐい》。

それに照らし合わせると、一鞄主義の私は、たいへん理想的な女性であると思われる。

空白 330円

人を待つのが苦手である。三分でも待ちたくない。十五分とか三十分なんてあり得ない。

自分の時間が無駄に目減りする、という理由ではなく、心労に耐えられないのである。

私は自分でもいやになるほどの心配性なのだ。待ち合わせに遅れるのが心配だから（相手が心配するかもしれないという心配）、たいがい私は相手より先に待ち合わせ場所に到着する。二十分くらい早めについていることはざらである。

非心配性の人は二十分も早くついたら近辺を散策したりするだろうが、私は心配なので（迷うかもしれないという心配）、待ち合わせ場所で阿呆《あほう》のようにじっと待っている。

待ち合わせた時間になるも相手があらわれないと、まず、場所をまちがえたんじゃないかと心配になる。手帳を出して待ち合わせ場所が正しいか確認し、手帳になんにも書いてないと記憶をさぐって正しい待ち合わせ場所を思い出そうとする。思い出せないと、仕事場に電話をかけメッセージが残されていないか聞いてみる。もし、待ち合わせ場所がまちがっていて、相手が今この瞬間ちがう場所で私を待ち、「待ち合わせ場所まちがえたかな」と心配しているかと思うと、ひやひやする。

これが私の待ち時間三分である。相手が三分あらわれないだけで、これだけのことを思い悩むのである。

待ち合わせ時間からさらに五分経過すると、日時をまちがえたんじゃないかと心配になる。また、手帳、記憶、留守番電話、とひととおり手順を踏み、相手の携帯電話の番号を知っていれば、ディスプレイにそれを出してじっとながめる。なぜ実際にかけないかといえば、相手はきっと今ここに向かう電車に乗っているにちがいない、電車のなかで携帯が鳴ったら困るかもしれない、と心配だからである。

待ち合わせ時間から八分が経過すると、このあたりでたいてい一度、発憤する。人を心配することに疲れ、ちがう方向から事態を把握しようとつとめるのである。

待たすってどうよ、おらあ（と乱暴な一人称）忙しいんだよ、昼だって立ち食い蕎《そ》麦《ば》ですましたんだよ、ここでぼさーっと突っ立ってる八分があればエッセイひとつ書けんだよ（実際は書けない）、空白の八分をかえせ！　と、むらむら怒る。

しかしこの怒りは二分程度しか続かない。十分経過になると、「事故では」とまた心配に立ち戻る。十分も遅れるなんてきっと事故にまきこまれたにちがいない、人身事故で電車がとまっているとするなら、きっとその人は車内でじりじりしてるだろう、トイレにいきたいのを我慢しているかもしれない。最悪はタクシーに乗っていて事故にあっていたら、あるいは歩いていて事故にあっていたら……と、心配は妄想のごとく繁殖を続け、そこにじっと立っているのがつらいほどである。

携帯電話を実際に用いるのはこの時点である。しかし、こういうとき携帯電話はつながらないことが多い。たぶん相手は移動中なのだろうと予測するが、つながらないとほとんど恐怖が私を襲う。

十五分なんてたとうものなら、今まで頭に浮かんだすべてのこと（場所まちがい、日時まちがい、発憤、事故）がいっぺんに押し寄せてきて、さらに、待ち合わせにまつわる今までの失敗をぐるぐると思い出し、具合が悪くなる。

私は締め切りの数がある一定基準を越えると、頭のねじが少々いかれて、「十八日、一四時」と手帳に書きこみ、また実際そう口ずさみながら、十八日の午後四時に待ち合わせ場所に向かうようなポカをする。今まで数度そういう失敗をして、相手に多大な迷惑をかけてきた。そのときの、いやーな気持ちまでが思い出されてくるのである。

よんどころない理由があって、自分が相手を待たせる側になったときも、私は同様の心配と恐怖と体調の悪さを感じる。すでに待ち合わせの時間であるのに自分は今まだ電車のなか、なんてとき、相手が心配したり発憤したりしていないか心配で胃がきりきり痛むし、誇張でなく目の前が薄暗くなる。携帯電話で遅れると連絡できたとしても、それでもなお、相手の時間を無駄にした罪悪感にさいなまれ、いっそ逃亡をもくろみたくなる。

まったく驚くべきことに、人を待たせることに対してなーんにも思わない人種がおり、こういう人は、待つこともなーんとも思っていない。待つことにも頓着《とんちゃく》しないから待たせることにも頓着しないのだろう。心からうらやましいと思う。

つい先日、午後一時に待ち合わせがあって、例のごとく心配性の私は一時二十分前に約束の場所についた。それで、じーっと待っていたのだが、一時になっても、一時五分になっても、相手はこない。

私ほど待つことがきらいだと、ある勘が働くようになる。相手がただ遅れているだけなのか、それとも、何かのまちがいがあって相手は確実にやってこないのか、というようなことが、確証にはなり得ないが、なんとなくわかる。後者の場合、町がしらじらとしている。不変のしらじらさ加減を醸《かも》し出している。あ、町が何かよそよそしい、と思うような場合、たいてい何かまちがいがある。

このときもそんな感じだった。十分たっても十五分たっても相手はあらわれず、町はしらじらとよそよそしい。携帯電話に電話をしてみたが、「電源が切られているか電波の届かないところに……」という例のメッセージが流れるのみ。

これはきっと、何か手ちがいがあったにちがいない、待ち合わせの時間はきっと午後二時なんだろう、私がまちがえたのか、相手がまちがえたのか、わからないがとにかく一時ではなく二時なんだろう、と、なんの根拠もないが勘にしたがって私は納得し、その場を離れ町をうろついた。

あまりなじみのないその町には、通りに面した大きな本屋があり、本屋の片隅にガラス張りの喫茶店があった。時間つぶしに最適な場所は本屋である。私は本屋を隅から隅までじっくりと眺め、じっくりと迷い、一冊の本を買って喫茶店に移動した。豆乳入りのアイスコーヒー（330円）を買って、隅の席で本を開いた。

数行読んで顔を上げ、ガラスの向こうの町を眺めた。晴れていて、会社員や学生がわさわさ歩いていて、強い陽射《ひざ》しに町も人も白っぽく光っていた。空白だ、と私は思った。

テーブルに置かれた豆乳アイスコーヒーを見つめ、こんな空白とはずいぶん長いこと無関係だったなあ、としみじみ気がついた。忙しい、なんて言葉は大嫌いだったのに、二、三年ほど前から、脳天がじいんとしびれるくらい忙しい日々である。私の忙しいは、仕事場にじっとひそんで、出かけるといっても、銀行・役所・病院・スーパー等、半径五百メートル内を駆けまわるような日々だから、豆乳アイスコーヒーなんてものが世のなかにあることも知らなかった。

本を読むとしたら寝床か台所か風呂場《ふろば》のどれかで、こんなふうに喫茶店で、陽射しにページを白く染められながら文字を追うなんてことも、もうずいぶん長らくしていない。

思えば、ほんの四、五年前は、びっくりするほどひまだった。夏の日に、午後一時、二時になると暑さで仕事をする気がせず、自転車を漕《こ》いで少し離れたクアハウスにいき、ジャグジーだのミスト風呂だの打たせ湯だののひとつずつ入り、サウナ水風呂セットを五回も六回もくりかえし、陽が傾きかけたころまた自転車にまたがり、商店街を徘徊《はいかい》し、魚屋で延々迷って刺身数点を買い、酒屋できんと冷えたビールを買い、部屋から夕陽を眺めながらはやばやと晩酌をしたりしていた。ひとりでプールにもいった。子どもたちに混じって区民プールで泳ぎ、へんなにおいのするプールサイドに寝転がって、びっくりするほど高い空を見ていたりした。髪から滴《しずく》をしたたらせて、プール前の屋台でラムネを買って飲んだりしていた。

空白だらけだった。空白だらけの毎日でも、不安も感じなかったし、あせる気持ちもなかった。

豆乳アイスコーヒーを知らないほど、陽にさらされて白く光るページをなつかしく思うほど、なんだってこんなに忙しくなったのか、自分でもよくわからないが、きっと今あの膨大な空白を差しだされても、きっと前みたいには楽しめないだろうし、おもしろくも思えないだろう。

ガラス戸の向こうで時間は私を置いて進み、喫茶店の空気は舞う埃《ほこり》みたいにゆっくりと沈殿し、太陽はちかちかと白いページの文字を隠す。こんなふうな、落とし穴みたいな空白はなかなかいいものだと、豆乳アイスコーヒーを飲みながら思った。そうか。心配↓怒り↓心配↓恐怖と続く待ち時間は、そのあと、こんな空白に続いているのだな。

二時五分前に店を出て、再度待ち合わせの場所にいった。数分して、ちゃんと相手はあらわれた。やっぱりどちらかが時間をまちがえて覚えていたらしい。本当のところは、待ち合わせ、何時だったんだろう？　やっぱり私がまたポカをやったのか、と心配になり、後日、約束を交わしたメールを確認してみたら、午後一時に、と相手からのメールに書いてあった。しかし時間を勘違いした相手に感謝したい気持ちだった。そういうことでもないかぎり、今は手に入らぬ貴重な空白をもらったのだから。

五分、十分と遅れるならば、せめて一時間遅れてほしい。最近はそう思うのである。

想像力
1000円

一年前のある日。

夜の十二時くらいに、飲み屋から家に帰る途中、駅前あたりでおばさんに呼び止められた。

あの、すごく困ってるんですけど……と、そのおばさんは言う。

友達をたよって田舎から出てきたんだけれど、その友達がいない、会えると思ったから、行きの電車賃しか持ってこなかった、もうこんなに夜も遅くて、なのに電話も通じない、ファミリーレストランで夜を明かして待とうと思う……とおばさんの話は続く。

ははん、ファミリーレストランの場所がわからないのであるな、と思った私は、

「その角を曲がるとすぐにロイホが……」と言いかけたのだが、しかしおばさんの

話はまだ続いた。

ファミリーレストランで夜を明かそうと思うが、しかしコーヒー代もない、どうかお金を貸してください、と言うのである。

私はまじまじとおばさんを見た。都内で、というより日本で、お金くれ、と言う人、はじめて見た。ネパールとかミャンマーとかベトナムとかでは見たことあるけど。でも、このおばさん、とくにみすぼらしいとか見るからに変人とかではなくて、ちゃんとした身なりの、奥さん、という感じの人なのだ。それで実際、困っているふうなのだ。

私はおばさんの話を信じた。実際夜更《よふ》けだし、十二時過ぎてふつうの奥さんがふらふらしてるのは、よんどころない理由があるんだろうと思った。それで、親切に、

「おばさん、あそこに交番がありますよ」

とおばさんの腕を引いて交番に向かおうとした。交番までは三十秒もかからない。しかし、おばさん、交番と聞いて身をかたくした。わけあって、交番にいくことはできない、というのである。

このとき、あるストーリーが私のなかでできあがってしまった。私は何よりその

ストーリーを信じた。それで、この人を助けなければならないと思った。財布を開け、

「じゃ、コーヒー代300円。ドリンクバーで何杯も飲めますからね」

と300円を渡そうとすると、

「やっぱり1000円……」

蚊の鳴くような声でおばさんは言った。

そりゃあそうだよな。ぎりぎりのお金じゃ心配だよな。そう思い、1000円札を渡し、ファミレスはこの角ですよ、この角ね、角を右ね、と念押しして、家に帰った。

そのとき私の考えたストーリーはこうである。

おばさんは長野とかどっかそっちのほうから、各駅電車を乗り継いで、この町まで逃げてきた。何から逃げてきたか？　暴力夫からである。おばさんがお金を持っていないのは、夫に財布を牛耳られているからだし、おばさんが警察をこわがるのは、この夫から捜索願が出されていることを心配しているのである。きっと一瞬の隙《すき》をついて、着の身着のまま出てきたのだろう。だから、たよってきた女友達にも

前もって連絡しておらず、その女友達はよもやおばさんがくるとは思わず外出しているのだろう。

私は1000円でおばさんをDVから救った。そう思っていた。

その後、友人にこの話をすると、ほとんど全員が「ばっかじゃないの」と言う。おばさんの話なんかでたらめに決まってる、よく1000円も渡したもんだ、と言うのである。

でも、おばさんは本当にふつうの人で、本当に困っているみたいだった、と言っても「ばっかじゃないの」としか返ってこない。仕方なく私は「とっさに頭に浮かんでしまったDVストーリー」を語って聞かせたがやっぱり返ってくるのは「ばっかじゃないの」だけであった。

しかしそれでも、私は私の信じるところを実行したまでだ、と私は自信を持っていた。おばさんの幸運を祈ってさえいた。暴力夫から無事に逃げられますように……ふつうの暮らしを送ることができますように……などと。

そして一年後、ついこのあいだのことである。気温三十三度の真夏日、景色がゆらゆら揺れて見える昼下がり。私は所用があって、駅までの道を急いでいた。するとあるおばさんに呼び止められた。

すみません、あの今すごく困っていて……とおばさんは話し出す。てっきり道を訊《き》かれるんだと思って（よく訊かれるのだ）、話を聞いていると、もうおわかりですね、一年前に聞いた話とそっくり同じ話をはじめるではないか。

友達を頼って出てきたのだが連絡がつかず、お金ももっていなくて…………………。

私はおばさんをまじまじと見た。一年前は夜だったたし、もはやよく覚えていないが、しかし、同一人物のような気がする。きちんとした身なり、ごくごくふつうのおばさん、たしかに同一人物としか思えなくなってくる。

さてこのとき私を襲ったのは、たいへんな怒りであった。

私は、あんたが、長野かどっかから這々《ほうほう》の体《てい》で逃げ出してきたと思ったから1000円あげたんじゃんか。暴力夫から逃げて穏やかな日を送ることを祈ってあげたんじゃないか。それなのに、それなのに、また1000円無心してくるってどういうこと！

ストーリーは自分で勝手に作ったのであるが、だましたな！　と、それはもう、くやしかった。駅前には交番（まさに一年前、私が連れていこうとした交番）があるから、おばさんの手首をひっつかんで突き出してやろうかと思った。それをしなかったのは単純に時間がなかったからである。私はなんにも言わないで、おばさんを無視して改札へと急いだ。

電車に乗ってから、私はべつのストーリーを作らねばならなかった。そうしなければ納得できないのである。

あのおばさんは、ごくふつうの家にごくふつうの夫と住む奥さんで、でも激しい吝嗇家《りんしょくか》で、ああやって街角に立ってお金を乞《こ》うている。あるいは、頭がちょっといかれたおばさんで、お金の使い道もわからないのにお金にだけ執着している。

うーん……DVからの逃亡ほど納得できるストーリーが思い浮かばない。

しかし気になるのはもらったお金の使い道である。「物乞い貯金箱」とか作って、知らない人にもらったお金を入れて、いつかハワイにいくのが夢だったりするんだろうか。ああやってちょこちょこせがんでは、庭に穴掘ってためこんでいたりするんだろうか。それとも、高校生の息子のおこづかいになったりするんだろうか。明日のパンをふつうに買うんだろうか。

それから半月ほどたったが私は未《いま》だに怒っている。今度こそあのおばさんをつかまえて交番に突き出そうと思っている。だって放っておいたら、今日も私のような想像力のたくましい（そのわりに陳腐な想像しかできない）だれかが、おばさんのハワイいきだか息子のこづかいだかに無駄な投資をすることになる。

しかし不思議に思うのは、おのれの外見である。

一年前は夜道に私しか歩いていなかったが、このあいだは、じつに大勢が駅付近を歩いていた。行き交う大勢のなかから、おばさんはまっすぐ、迷いなく私に近づいて声をかけたのだ。これはどういうことなんだろう。母に言ったら、「馬鹿《ばか》な想像をして１０００円をぽんと出しそうな顔して歩いてんのよ」と言われた。そうだったのか。

携帯電話

26000円

携帯電話はあんまり好きじゃない。実際、少し前まで持っていなかった。しかし持っていないと、何かポリシーがあって持っていないのだと思われる。「なぜ持たないのか」とポリシーの所在を訊《き》かれる。そういうことが面倒で、持つことにした。たしかに便利だ。便利だが、好きではない。

今の携帯電話にはカメラがついている。私のにはついていない。携帯カメラでバシャバシャ写真を撮っている人を見ると、しかし、羨《うらや》ましくなる。根がミーハーなのだと思う。携帯嫌いなくせに、カメラ機能のある携帯電話を買いにいった。このあいだの週末のことだ。

ほとんどすべての携帯電話にカメラがついていた。画素数がデジタルカメラなみである。日本人はつくづくカメラ好きだと思う。今まで、あちこちを旅行中、外国人に「日本人は写真が好きだ」と言われたことが百二十回くらいある。そう言う人は、必ず写真を撮る日本人をちょっと馬鹿《ばか》にしている。馬鹿にしていないまでも、おもしろい、おかしいと思っている。それで、そう言われるたびムッとした。

しかし携帯電話売場にきてよくわかる。日本人はあなたがたの言うとおり、ほんとーうに写真が好きだ。だって何も、携帯電話にくっつけるのはカメラじゃなくてもいいわけでしょう。卓上掃除機だっていいし、ひげ剃《そ》りだって、まつげカーラーだって、懐中電灯だっていいわけでしょう。なのにカメラなんだもの。

多くの日本人と同じく私も写真を撮るのが好きなので、画素数の多い、一番かっこいいと思われる携帯電話を買った。26000円だった。

その日の夜遅くに帰宅した私は、さっそく買ったばかりの携帯電話を取り出して、カメラの使いかたを覚えたり、メールを試し送りしたり、待ち受け画面を選んだり、着信音を選んだりした。時間はどんどん経過して、気がついたら夜中の三時だった。夜中の三時なのにまだまだ設定すべきことは多くて、いつも十一時に眠る私は眠い目をこすりながら取扱説明書をめくり、ちいさな機械をぶちぶちぱちぱちといじった。

そのとき、私はある感銘を覚えた。携帯電話ってすごい、と思った。

この、数年前に登場しあっという間に浸透したちいさな電話機は、私たちがひまであるということを、忘れさせるのだ。

私たちのたいていは、ものすごくひまな人間だと私は思っている。どんなに仕事が忙しくても、するべきことなんか本当は少なくて、退屈なんだと思っている。今月二十八個の締め切りを抱えて、時間がない、間に合わないと一応言ってみる私も、けれど本質的にはひまなんだと思う。

そうして、私たちはひまというものを何よりもおそれている。ひまで、退屈で、すべきことがない、ということは致命的だ。この場所にいる意味がことごとくなくなる。そのことを私たちはおそれる。

そのおそろしい感じを、携帯電話は忘れさせてくれるのだ。初期設定をしたり試しメールをしたりすることで時間がつぶれるという意味ではない。

自分だけの電話を持ち、そこにつながるただひとつの番号とアドレスを持ち、自分だけの着信音を選び画面を選び、それからストラップなんかも選んでみて、まるで電話をＩＤカードのように仕立て上げ、そのＩＤカードを用いてだれかと話したり、手紙の交換をしたりする。この一連のものごとが、私たちはひまではないと錯覚させてくれる。ひまじゃない、だからだいじょうぶ、と、このちいさな電話はけなげにも私たちを安心させる。

私がものごころついてから現在に至るまで、それこそ、人をひまだと気づかせないためのいろんな小道具があらわれた。ビデオデッキがそうだし、ウォークマンがそうだし、各種ゲーム機がそうだし、コンビニエンスストアがそうだし、漫画喫茶がそうだ。けれど、ひまではないと思いこませるピカイチの小道具は携帯電話だと思う。

携帯電話はがらんどうの部屋を思わせる。無個性な、窓のない、人の気配のないがらんどうの部屋。その何もなさに私たちは怖《お》じ気《け》づいて、自分らしい家具を選び、雑貨を選び、居心地よくまとめ、そうして扉をぱたんと閉める。自分らしい部屋で私たちはひとりきりになる。その部屋には、窓もなく外とつながるツールもないが、けれどとりあえず、しばらくのあいだ居心地はいい。

私が書いているのは携帯電話批判ではもちろんない。ただの印象だ。深夜遅くまで携帯電話の設定をして私は驚くほど楽しかった。楽しい、というそのことにびっくりしたのだ。

だれかとつながる、というような言いかたがごくふつうになったのは、携帯電話が登場してからだ。このつながる、は、電話がつながるという意味ではない。通じ合える、わかりあえる、ともにいる、というような意味で、そんな言葉が出まわりはじめたのは、つまり、携帯電話は私たちをじつはちいさな部屋にひとりきりで閉じこめるからだろう。だれともつながり得ない場所に。

と思うと、携帯電話に付加したのが、卓上掃除機でも懐中電灯でもなく、カメラである、というのはじつに納得できる。そのちいさなカメラは、私たち個々の目線の先でシャッターを切るのだから。

最近仲良くなった近所の猫の写真を撮っては喜び、ストラップを買いにいっては喜び、新しい携帯電話にだれかから連絡が入るたび喜んでいる私もまた、ひまであることをおそれている。

きっとこの先、私たちはひまではないと、もっと強く錯覚させる何かは登場し続けるだろうと思う。それがどんな弊害を生むのか、あるいはどんな幸福をもたらすのか、私にはわからない。根がミーハーな私は、周囲の人たちを眺めながら、登場する新しい何かをやっぱり買ったり求めたりするんだろうと思う。けれど何をどんなふうにごまかしても、私は徹底的にひまである、ということを忘れないようにしよう、とときどき気持ちを引き締める。

イララック
1500円

自分でもおそろしくなるくらい、私は短気だ。こんなに短気な人間を野放しにしておいていいのか、と思いもする。これほど短気でありながら、しかしとくべつトラブルも起こさず、平穏に暮らしていられるのは、短気でありながら小心、という性質と、素が泣き顔、という見た目のせいだろうと思う。

どれだけ怒ってみても、小心だからたいてい怒りを言葉であらわさない。しかも怒りが頂点に達すると、あろうことか私は泣けてくるのだ。何を抗議しても泣いていたのでは、怒りというのはあんまり伝わらない。人に脅威を与えない。

顔で怒りを表現するのも私には無理なようである。言葉ではなく怒りを伝えようと、にらんだり、むっとしたりしてみせても、せいぜい「どこか具合悪いんですか」と訊《き》かれるのが関の山である。

そんなわけで、このように短気であっても平穏無事に生きてこられたのであろうと思われる。

この短気という性質、じつに自身を疲れさせる。できればあんまり怒らずに暮らしたいと私は思っている。そんなわけで、おのれの短気を日々検討することになる。むっとしたとき、この怒りはただしいか、ただしくないか、じっくり(一時間から三日くらい)考えて、「ただしい」と思ったときだけ怒ろう、と決めている。短気といえど、私は内省的短気なのだ。

たとえば最近むっとしたこと。

対面式の魚屋に、秋刀魚《さんま》を買いにいったときのことである。発泡スチロールの箱に、秋刀魚がたくさん詰まっている。秋刀魚を買う人は、店頭に立つおにいさんに何本と伝えて包んでもらわなければならない。その日は秋刀魚を食べようと決めていたので、秋刀魚を買う人の列に並んだ。

私の前に母子がいた。七歳くらいの男の子と、母親である。この人たちの買う段になって、男の子が、発泡スチロールのなかの秋刀魚を吟味しはじめた。くちばしは黄色で、目が濁っていないのが新鮮、とどこかで聞いたのだろう、一生懸命、選んでいる。選びに選んで、「まず、これ」一本をおにいさんに包んでもらう。それから二本目を選びはじめる。長いんだ、これが。

そもそも私は待つのが大っきらいである。どうしても必要なものがあって薬屋にいったとしても、レジ前に列ができているだけで、店を出てくる。駅の切符売り場に列ができているだけでタクシーをつかまえにいく。タクシー乗り場に列ができていれば、歩く。五分並んでうまいものを食うよりは、並ばずにまずいものを食べる。

そんな次第だから、一生懸命秋刀魚を選ぶ子どもにもむっとするのである。えらいねえ、ぼうや、とは思わないのである。しかもこのとき、こともあろうに私は米と醬油《しょうゆ》とみりんとビールその他の入ったスーパーの袋を提げていた。

ずうーっと、ずうーっと選んで子どもはようやく二本目を選び出した。これで終わりか、と思いきや、三本目選択に入る。秋刀魚をやめて空《す》いた肉屋にでもいけばいいのだが、しかしすだちも大根もすでに買って献立準備は万端なのだ。私は待った。米、醬油、みりんとビールその他を抱えたまま、辛抱強く、待った。

しかしなかなか三本目が選び出せない。私のうしろにも秋刀魚目当ての人の列ができる。この時点で、魚屋のおにいさんは長くなりつつある行列に気づいた。それで、やんわりと男の子に言った。「おにいちゃん、あのね、うしろに百人くらい待ってるよ」と、冗談めかして。そうそう、あんたのうしろのおばさん（私）はおもーいものぶら下げて待ってんだ、と胸の内で賛同した、そのとき、男の子の母親が言い放ったのである。

「いいのよ、そんなもの気にしないで。ゆっくり選びなさい」

短気炸裂《さくれつ》である。米袋で母親の頭に殴りかかりたいほどむかついた。そんなものってなんだ！　焼く前に一手間かけりゃ秋刀魚なんかどれだっておいしくなるんだ！　社会勉強させるなら漁港にでも連れていけ！　列作ってまでくちばし黄色とか教えんな！　と、私の心は燃えさかる炭状態。

男の子は、魚屋のおにいさんに注意されて小パニックになり、しかし母の言葉に小安堵《あんど》し、三本目をもはや選び出すことができずに、うんうんうなり、そうして血管が切れるのではないかと心配になるほど私とその他の客を待たせたあとで、ようやっと一本を選んだ。「〇〇くんが選んだ秋刀魚、きっとおいしいわよ〜」と褒めそやす母とともに、包んでもらった秋刀魚を抱え男の子はレジに向かう。

炭火ごうごう状態の私もめでたく秋刀魚を買うことができ、しかし火のついた怒りはおさまらず、ああいう母親ってどうよ、ああいう教育ってどうよ、ていうか、テレビも秋刀魚の選び方とか言い過ぎるんだよ、太刀魚《たちうお》の選び方とか、鰆《さわら》の選び方とか言わないくせに、なんで秋刀魚ばっかり、色はどうとか目がどうとか毎年のように言うんだよ、などと、関係のないことまで引きずり出して怒りながら家に帰って、きゃつらのせいでぬるくなったビールを一口すすり、

「また怒ってしまった」

と、はたと思った。

そうして夕食（秋刀魚と味噌汁《みそしる》ときんぴらとひじき入り卵焼きとピーマンじゃこ炒《いた》め）の支度を黙々としながら、内省をはじめた。

はて、あそこで血管がぶち切れそうになった私の怒りはただしいのか？　ただしくない、という気もする。子どもは秋刀魚を選びたかったのだから、選ばせてやればいいのである。そういうなんでもないような時間が、将来その子の苦境を救うかもしれないのである。二十分かけてあの子が迷ったって、たかだか私の夕飯が二十分遅れるだけの話ではないか。やっぱり、あんなことで怒るのはただしくない。

しかし、ただしい、という気も一方でする。子どもはいい、選べばいい、まちがっているのは母親だ、時間かけて選ばせてもいいが、「列なんか待たせとけ」と他の人に聞こえるように言うことはない、こっそり耳打ちするとか、もしくは、とりあえず「すんませんねえ」と背後の列に向かって謝ってみるとかすればよかったのではないか。馬鹿《ばか》っ母に怒るのはただしいはずである。

夕食の支度が整っても、食べ終えても、デザートの梨《なし》を食べても、寝る段になっても、考え続けた。根に持っているのではなくて、短気改善の策なのだ。

明くる日、私は親しい友人にこの話をした。客観的ジャッジを乞《こ》うた。すると私の短気を重々承知している友人は、話を聞き終え、ただしいともただしくないとも言わず、こう言った。

「イララックって知ってる？ いらいらがすーっとおさまる薬が小林製薬から新発売になったんだけど、それ、買って飲んでみたら？」

イララック。1500円である。いらいらしなくなるらしい。いらいらがすーっとおさまるらしい。短気なのに短気を気に病んでいる私は、本当に飲んだほうがいいかもしれない。1500円で短気がなおるなら、安いものだ。

しかし、いつ飲むのか？　件《くだん》の魚屋のようなシーンに遭遇した場合、男の子が一本目の秋刀魚を選び出した時点で飲むのか？　それとも三本目？　母親の例のせりふのあと？　それとも、買いものに出る前？　というか、私のような短気型人間は、目覚めてすぐ？

あるいはただしい瞬間に飲んでいたとしたら、私はすべてにほほえむのだろうか？　秋刀魚を選ぶ子どもをほほえましく眺め、三十分でも一時間でも選びなさ～い、と思うのだろうか？「そんなもん気にするな」という母親の声を聞いても、やさしいおかあさんね～、と思うのだろうか？

イララックはまさに私を短気から救う救世主かもしれない、と思いつつ、未《いま》だ買っていないのは、いらいらのシステムが自分でもよくわかっていないからだ。「いらっとしてしかるべきこと」と「いらっとするべきではないこと」つまり「確実に相手が悪いこと」と「いらいらする自分に原因があること」の区別が、（おそらく年がら年じゅう怒っているため）つかないからだ。

少し前の話だけれど、新宿を歩いていたら、私の前にいた女性が、通りがかりの男にいきなりひじ鉄を食らわされた。本当にあっという間のできごとで、男はそのまま、何ごともないかのように歩き去っていった。この男は、たぶんちょっとおかしい人で、女のほうもそれがわかったから、「何あれ、何今の」と連れの女性に言うだけで、男を追いかけてひじ鉄を返すようなことはしなかった。

たいへんシュールな場面だったけれど、これは「確実に相手が悪いこと」と「自分に原因があること」のわかりやすい構図だと思う。ちょっとおかしい男は、何かむしゃくしゃしていたんだろうが、そのむしゃくしゃの原因は全部自分のなかにある。知らない人にひじ鉄を食らわせるのは、100パーセント、まちがっている。ただ歩いていただけの女の人は、ひじ鉄をされて、むかついてしかるべきである。その日一日、あるいはその後何日も、そのときのことを思い出してむしゃくしゃするだろうけれど、このむしゃくしゃはただしい。「ふつうに歩いていても、いやな目に遭うことがある」とそのむしゃくしゃは思わせるだろうし、その場合の対処法も見いだしてくれるかもしれない。逆に、女の人が「いいのよ〜、ひじ鉄許す〜」と受け入れたら、なんだかすごくまちがったことになる、と思う。

私が考えているのはそういうことだ。いらいらしている自分は、この場合の男側？　それとも女側？　ということ。男だったらイララック飲みたいけど（飲んだほうが絶対にいいけれど）、女だったら飲んじゃまずいんじゃないかと思うのだ。

数日後、友人が「イララック買った？」と訊いてきた。「買ってない」と私は答え、「だって全部許せたらこわいじゃん」と続けた。「でも、許すってのはその薬の本来の効き目ではないような……」と友人。まあたしかにね、ドラえもんグッズじゃあるまいしね。

「そんでねえ」と私は話を変え、「これってどう思う、むかついた私は正しいと思う？　まちがってると思う？」と、短気最新情報の詳細を話しはじめた。

イララックを買うより、瞬発的に怒り自己判断をできるようになるのが、私には先決なのかもしれない。

もちろん、この薬がどういうときにどの程度効くのかという、正確な知識なしに書いていることを断っておきます。だってまだ買っていないから。

キャンセル料　30000円

　メキシコ旅行は、去年からずっと計画していた。なぜなのか今ひとつわからないけれど、数年前は一カ月旅行するのなんて本当にかんたんだったのに、今それをしようとすると阿鼻叫喚《あびきょうかん》状態になる。草ぼうぼうの荒れ地を、這《は》いつくばって草を引っこ抜いてていねいにならしていくような労力が必要とされる。

　そうして去年、這いつくばって草を引っこ抜いてていねいにならして、一カ月の休みを用意したのだが、航空券を買いにいく前に、べつの仕事で海外にいかなければならなくなって、そっちを優先した。優先しつつ、メキシコは来年のこの時期にとっておこうと決意した。

　それで今年も、夏の盛りから、這いつくばって草を引っこ抜いてていねいにならして、ぴかぴかの一カ月を用意したのである。そうして航空券を買いにいった。

地図で見て、メキシコ全土の一番右上、イスラムヘーレスから出発し、バスを乗り継いで途中下車しながらメキシコシティを目指そうと、おおよそのルートも決めていた。チケットはダラス経由カンクン往復126000円。

ところで、私は新宿のチケット屋に航空券を買いにいくのだが、この店の人はなぜか、私の身をいつも案じてくれる。

以前、ミラノ経由モロッコ一カ月の航空券を買いにいったときも、「モロッコにお知り合いがいらっしゃるんですか」と訊《き》き、「いいえ」と答えると、「一カ月もおひとりでまわられるんですか。お見受けするところ、あまり旅慣れているふうではないし、モロッコはあなたが想像しているようなところではないかもしれませんよ。よく考えて決めたほうがいいですよ」と、チケットを売り渋るのである。

今回も、受付の人は「メキシコにお知り合いがいらっしゃるんですか」と訊いた。いいえと答えると、「どのような目的でいかれるのですか」と訊く。「どんなところか見たことがないから見てみたいのです」と答えると、その人はにっこりと笑った。意味わかんねえ、というようなにっこり具合であった。しかしとにかくチケットは売ってくれたのである（チケット屋だもんね）。

私は旅好きだが、異様なくらいのびり屋である。飛行機も大嫌いだし、知らない町にいくのだってこわい。何度旅をしてもこわい。ひとり旅をして十年以上経《た》つのに、チケット屋の人が言うとおり私は旅慣れていないのだ。

もっとも私が恐怖しているのは虫の知らせ的なことである。九死に一生を得た人が、よく事故や災害に遭う直前に「あのときふとこう思った」というようなことってあるでしょう。「何か忘れたような気がして、どうしても引っかかって電車を一本遅らせたら、その電車が横転事故を起こした」というような話って、よく聞きませんか。あれです。

だから、チケット屋の人が「だいじょうぶですか」というようなことを言うと、どきーんとするのである。

「この人はごくふつうに『だいじょうぶか』と訊いているけれど、これは虫の知らせかもしれない。モロッコの路地裏で強盗に銃をつきつけられたとき私は『ああ、あのときあの人が言っていたのはこの状況を予知していたのかもしれない』と思うのだろうか」と、びびるのである。

どこそこを旅行してくる、というと、こういうびびり発言をする人は意外に多いのだ。このあいだ旅をしたときなんか、出発間際《まぎわ》に親しい友人が「飛行機、気をつけてね」と何気なく言い、私は例によってどきーん、とし、「なんで？ なんでいつもそんなこと言わないのに今回に限って飛行機に気をつけろなんて言ったの？ 何かよからぬ予感がしたの？ そうならはっきり言って」と、詰め寄った。「え、なんでって、別に……」と、友達は気味悪そうな顔で口ごもっていた。

メキシコもねえ、チケット屋の人を皮切りに、じつに多くの人が「だいじょうぶ？ 気をつけてね……」と言った。その「気をつけてね」が、何かこう、陽気でないというか、旅行、いいね！ という響きを伴っていないというか、戦地の第一線に赴く人間に言う「気をつけてね……」のように、私には聞こえたのである。治安がすごく悪いから気をつけてとか、誘拐が流行《はや》っているから気をつけてとか、具体的に言う人もいて、チケット屋でどきーんとしてから、だから私はびびりっ放しだった。メキシコ、というイメージが、切ったはったが日常茶飯事の物騒な場所というものに日々変換していった。

でもいきたい。いかなきゃなんにもわかんない。

考えてみればこれは私の基本である。いかなきゃなんにもわかんないのである。極端な話、その場所が現実に存在しているか否《いな》かも。それで、びびり心を抑えこんで毎回出立していくのである。

しかし今回は、「気をつけてね……」頻度があまりにも多かったので、少しでも平安を得て出立するため、作家の星野智幸《ともゆき》さんにメールを書いた。星野智幸さんはメキシコに以前住んでいて、三分の一か二分の一か、もしくはもっとたくさんか、とにかく心身がメキシコ人になっていると私は思っている。

メキシコって町を歩いているだけで銃を突きつけられる？　身ぐるみはがしが日常茶飯事？　という、阿呆《あほう》まるだしの私のメールに、星野さんは、じつに理性的・具体的・前向きなアドバイスをくれ、最後に、「きっと楽しいよー」と書き添えてくれた。

治安だの誘拐だの数百回の不安な気をつけてねに暗くなっていた私には、この「きっと楽しいよー」はまばゆい光みたいだった。そうそうそうそう、きっと楽しいに決まっているじゃんか、と目の前で手をはたかれたみたいにぱちくりして、思った。

旅行ってのは、本当に楽しいのである。私の旅は、バスを乗り継いだり乗り継ぎ損ねて戻ってきたり、ホテルを捜したり迷ったり、電車に乗り損ねて半日待ったり、自分の要領の悪さと旅慣れなさに悪態をつく毎日で、ショッピングもしないし有名レストランにもいかないので、端から見たら（ときに自分で見てさえ）どこがおもしろくて旅しているのか、と思えるようなものなのだが、しかし、それでも、依然として旅は楽しいものである。その場所が現実に存在している、そこに暮らしている人がいる、と知るのは、ほかにない楽しさなのである。

チケット屋の人に心配されたモロッコだって、路地に引きずりこまれることなく帰ってきたではないか。飛行機気をつけてねと言われた旅も、無事帰ってきたではないか。どんなふうにびびって出かけた旅も、すべて楽しかったではないか。

私の気分はメキシコ人星野さんのおかげで一気にもりかえし、荒れ地に這いつくばって草を引っこ抜いたまっさらな一カ月、イスラムへーレスからはじまる楽しいに違いない旅を、うきうきと心待ちにし、「私は旅行にいきます。そのあいだ仕事はできません」という旨《むね》のメールを送りまくり、にやにやとガイドブックの写真を眺めて日を過ごしていた。

しかし、出発の二週間前になって、突如東京に居続けなければいけないことが判明した。どう考えても、どう計算しても、どうごまかしても、旅にはいけないという結論が出る。

がひーん、である。航空券を買ったのに旅にいけないなんて、生まれてはじめてのことだ。私は泣く泣く航空券キャンセルの電話をした。数日前私の身を案じてくれていた店の人は、気の毒そうな口調でキャンセル料の説明をはじめた。はいはい、はいはい、と聞きながら、ほとんど泣きそうであった。キャンセル料にではない、いけない、という決定的事実に。

そうして今、私は東京の、仕事場にいる。朝にきて、仕事をする、いつもとまったくかわらない生活をしている。支払った航空券代は、キャンセル料の３０００円を差し引かれて、そっくり口座にふりこまれた。

メキシコにはまたしてもいけなかったが、しかし旅前の気分は存分に味わったなあと、ふと思う。だれかのちょっとした一言にびびり、楽しいよという言葉に安心し、ガイドブックの写真を眺め、見知らぬ町に建つゲストハウスの天井を想像し、バスの埃《ほこり》っぽさを想像し、旅の友となるべき文庫本を捜し、カレンダーをわくわくと眺めて。

キャンセルしなかったら、三日前に私はメキシコに降り立っていたはずである。今ごろ町の雰囲気に慣れていただろう、とか、いい人と悪い人の区別はまだついていないだろうとか、もうひとりの私が空想上のメキシコを旅している様子を、ときおり思い浮かべる。どこかに消えた３０００円ぶんの旅である。

冷蔵庫
136000円

この連載をはじめてから気づいたことがある。私はどうやら、電化製品に目がない。

機械関係、配線や、コンピュータの設定や、修理や、電球取り替え（これは機械ではないが）など、すべて苦手で、避けて避けて生きている。秋葉原なんて町は大嫌いである。緑色の配電盤が、軒先に山積みされるのを見るたび、背中のあたりがもぞもぞする。

だから、私は電化製品なんてまったく興味がないと信じていた。どの電化製品店もいやになるくらい混んでいるし、なのにあたたかい感じがまったくしないしね。

それが先日、一カ月のあいだ、毎週末、電化製品店に赴いた。そうしたくてではなく、そうせざるを得なくて、である。家のなかの何かが壊れて買いにいく。買ったものがうまく合わずに次の週末再度いく。するとその場でべつの必要物が明らかになり、一週間考えてまた次の週末にいく。そんな具合。

私が週末ごとに通っていた電化製品店は、新宿のヨドバシカメラである。六階建ての巨大ビルで、どのフロアにも電化製品がひしめいている。

そうしてこのヨドバシカメラは、何か買いものをした際（ものにもよるが）ちょっとした待ち時間がある。ポケットベルみたいなものを持たされて、手続きが完了するとそれが鳴って知らせてくれる。

待ち時間、ポケットベルを持たされたら人は店内をうろつく。十人中九人がうろつくであろう。私もうろついた。毎週末、巨大電化製品店のなかをうろついていた。するとと不思議なことに、ほしくなってくるんです。いらんものがほしくなってくるんです。乾燥機つき洗濯機。サイクロン式掃除機。食器洗い機。デジタルカメラ。プラズマテレビ。新型オーブン。ひとつひとつ見て歩く自分は、いつのまにかわくわくしているんです。値段を見て、ふうーんとか思って、買えないこともないかな、なんて思って、それが我が家にやってくるところを想像したりして、あ、いいかも、なんて思って、はっと我に返る。そうして自分に言い聞かせる。

洗濯機は壊れていない、乾燥機より外干しが好きじゃないか。掃除機は三年前に買ったばかりで、壊れる気配もないどころか、まだぴかぴかしてるじゃん。食洗機なんていらんいらん、どうせ鍋《なべ》やフライパンまで洗っちゃくれないんだから。デジタルカメラもすでにお持ちじゃないの、ナカタのコマーシャルのだって、こないだ友達が褒めてくれたばかりじゃないの。プラズマテレビなんてあんた、40000だよ400000円、サザエくらいしか見てないじゃん、ビデオだって年に一回見るか見ないかだよ、サザエに400000円は高いっしょ。オーブンだっていいの持ってるじゃないか、あのオーブンにどれだけ世話になったの、壊れてないのに捨てるなんて罰当たりなことできないでしょうよ。

そう。私に必要なものは、なーんにもない。売られている電化製品は、機能が古いにしても持ってるし、持っていないものは、みずからが動けばいいものばかり。そんなあれこれを思いめぐらせているうち、持たされたポケットベルがピピピと鳴って、私はすごすごとレジに戻り用が終わる。あー用は済んだ済んだ、はやくかーえろ、と電化製品店を出るとき、しかし何かさみしい。さみしいんだな、すごく。あれは三度目の来訪だったたか、やはりよんどころない用事があって新宿のヨドバシカメラにいったとき、またしてもポケットベルを持たされた私は、ふらふらと誘われるように冷蔵庫売場にさまよいこんだ。

たかが冷蔵庫が林立しているだけなのに、なんだか、おとぎの国に迷いこんだような気分に、一瞬にしてなった。だってすごいんだ、今の冷蔵庫。かってに氷なんて今や基本、こまかく区分けされた野菜室だとか、ラップ不要だとか、省エネだとか、スイカまるごと一個入るとか、フレンチドアだとか、鮮度長持ちだとか、料理が上達とか（これは嘘《うそ》）、しかも、おもての色も銀とか青とか多々あって、庫内の明かりが橙色《だいだいいろ》ではなくて、ひんやりしたブルーとか緑で、「真新しいのですっ」と全身で誇っている感じなのだ。

しかし、うっとりしつつも、例によって「あるじゃん冷蔵庫。壊れる気配まるでなしじゃん」と理性を取り戻し、ふん、何さと背を向けたときタイミングよくポケットベルが鳴り、用事が済んだ。

おとぎの国から脱出した私は家に帰り、台所におとなしくたたずんでいる我が冷蔵庫をしみじみと眺めた。

八年前に買ったものである。八年前から五回は引っ越しているのに、文句も言わずついてきて、台所にひんやりとおさまって、モーター音でうるさくすることもせず、度重なる移動に疲れも見せず、がんばってきたいじらしい冷蔵庫なのである。

しかしそのけなげな冷蔵庫が、今や、なんと色あせて見えることか。野菜室が一番下で、冷凍庫が一番上、しかもノンフロンではない、スイカはもちろん鍋ひとつだって入れるのに苦労する、八年ものの冷蔵庫は、流行遅れで、ださくて、いいところなんかひとつもないようにすら見えるのだった。

一週間、冷蔵庫を新調すべきか否《いな》か、私は考え続けた。壊れていないものを買い換えることに、私は異様な罪悪感を覚える質《たち》なのだ。

しかし結局、一週間後、私はふたたび新宿のヨドバシカメラにいた。銀色の、フレンチドアの、真新しい冷蔵庫を指し、これください、と言っていた。

このときも、配送手続きのあいだ、例のポケットベルを持たされたのだが、私はレジ前のベンチに腰を下ろして動かなかった。自分がどんな人間かわかったからである。

しかし、レジ前でそうして座っていると、日本人は電化製品が好きだと深く実感する。遺伝子レベルで好きなのだ。ヨドバシカメラはいついっても混んでいるし、冷蔵庫のあるフロアでは、老若男女《ろうにゃくなんにょ》（男女ペアの場合、女が主導）、みんな目を輝かせて冷蔵庫のドアをぱったんぱったん開け閉めしているのである。日本の人はものを大事にしない、ひとつのものを長く使うことを知らないと、それが悪いことのように外国好きの人は言うし、実際私もそう思っているところもあるけれど、でも、これほど好きなんだからもうしょうがないよね、とこのとき思った。

この日、ヨドバシカメラを出たときは手ぶらだったが、前みたいにさみしくなかった。私もやっぱり、どうしようもなく電化製品好きなのだ。

しかしこの冷蔵庫には後日談がある。

一週間後、うちに運ばれてきたぴかぴかの真新しい冷蔵庫は、なんと、家に入らなかったのだ。玄関は通過したものの、折れ曲がる廊下でぴたりと止まり、それ以上どうあっても進んでくれなかったのだ。配送のおにいさんは、親切に、何センチのものを買うべきか計ってくれて、ぴかぴかの冷蔵庫を持って帰ってしまった。

あまりの落胆に私は台所にしゃがみこんで、ぼんやりとときを過ごした。すぐそこに、手の届く位置に幸福があったのに、たった今消え失《う》せてしまったような気分。

八年ものの冷蔵庫が、やさしくなぐさめてくれているような気がした。しばらくそうしていたのち、私は猛然と立ち上がり、「引っ越そう」と声に出して言っていた。「引っ越してやる、引っ越してやりますとも」と、言っていた。それってなんか違くないか、人生の駒《こま》の進めかたとして。そう気づいたのは明くる日で、一週間後、私はまたしてもまたしてもヨドバシカメラにいって、家に入るサイズの冷蔵庫を選びなおした。もちろん、ポケットベルを持たされても店内をうろつくことはしなかった。

松茸

4800円

松茸《まつたけ》、嫌いなんです。

もともと私は子どものころからたいへんな偏食で、乱暴に言えばごはんと卵と肉とたらこしか食べずに成長した。野菜嫌い、魚嫌い、きのこ嫌い。レストランでドリアとかピラフとか頼んで、マッシュルームやピーマンやグリンピースをていねいにほじくり出して、隅によけて残す人いるでしょう。それ私。十八歳まではその悪行をだれにも責められずにすんだ。私の母はハンバーグにつける付け合わせの野菜を指し「これは飾りだから食べなくてもいい」と言っていたし、小学校のころから弁当持参の学校だった。

大学生になって、そういう私の食べかたを非難する人がたくさん出てきて、あれは驚いたなあ。汚い、とか、見ていて気が滅入《めい》る、とか、残すなんて言語道断、とか、よく言われた。こう言うのって、不思議と男の子が多かった。食べものを残すことが罪だと、多分女の子より男の子のほうが厳しくしつけられるんだろう。残すことに目くじらたてて怒るのが男の子だとすると、女の子はかわいそうがる。トマトが嫌いなんて、本当においしいトマトを食べたことがないのね……などと言うのは女の子。そうしてその後は、自分が食べてきた野菜や魚がいかにおいしいかを話してくれる。

けれど何を言われようが私は頑として食べなかった。だって食べたくないんだもん。そうして三十歳まで、外食すればきのこ類を箸《はし》でつまんで弾《はじ》き出し、野菜類はそっくり残して過ごしてきた。

三十歳を少し過ぎたころ、食の好みが私と正反対の人を好きになった。私の嫌いなものが、イコールその人の好物なのである。これはたいへんに困る。いっしょに食事もできやしない。それで私は食革命を決意したのである。

嫌いなものを食べられるようになるにはどうしたらいいか。それは罪悪感を植えつけることでも、本当においしい素材を食べることでもなく、ただ、慣れることだと私は思う。うええ、と思っても、何回も何回も食べる。

ウニの食べられない私の友人が、築地の魚市場でアルバイトをはじめたんだけれど、毎朝、お店の人がスプーン一杯ウニを試食させてくれたそうだ。うええ、と思いながらも彼女は食べ続けた。そうしたらある日、本当に突然、ウニのおいしさがわかったというのである。

これである。彼女のように、私は食べられないものをくりかえし食べることに心を砕いた。椎茸《しいたけ》、ブロッコリ、キュウリ、いわし、いか、たこ、それからウニも。

すると、本当にある日突然「あっ」と思うことがある。

よく留学体験者の話で、最初はまわりの人の言うことがまったくわからなかったのに、ある日突然音が意味を持って耳に入ってくるというのがあるが、あれによく似ている。ぜんぜんおいしいと思えないものが、あるときふっと、「まずくない」と思えるのである。肝心なのは練習。

私は一年もせず、三十品目くらい食べられるようになった。くりかえしの果てに、「おいしい」にたどり着いたものもあれば、何度食べても「うーん……」というものもある。しかし、食べられることは食べられる。

今ではたいていなんでも食べられる。以前は、得体の知れないものには絶対に箸をつけなかったのだが、なんでも口に入れるようになった。爆雷なんてすごいネーミングのものをわざわざ頼んでみたりもする（ちなみに爆雷は、このわたとほやを和《あ》えたもの。わりとおいしい）。以前は、串焼《くしや》き屋にいって帆立とかエリンギとか勝手に出てくると、なんだかむかむかと隣の人の皿に移していたのだが、今は全部食べられる。サラダからキュウリとトマトをよける手間暇がなくなって全部わしわしと食べられる。考えてなくていいから、楽ちんである。

そうすると、俄然《がぜん》食べることが好きになる。食べることとって喜びだったんだー、と気づくのである。いっときの恋心で、ここまで成長した自分を、私は本当にえらいと思う。好きだった人にはすぐふられたけどね。

さて、食べられるようになった三十品目ではあるが、私のなかでは未《いま》だにランクがある。

1　本当においしい、食べられるようになってよかったと思うもの。
2　さほどおいしいとは思えないが、健康のために食べようと思えるもの。
3　まるでおいしくはないが、まあ、なんとか食べられるもの。
4　食べないと銃殺と言われれば口に入れるが、できるなら二度と食べたいと思わないもの。

が、それである。

1には、秋刀魚《さんま》や椎茸や牡蠣《かき》やウニがある。2には、もずくやセロリや南瓜《かぼちゃ》。3は、ブロッコリや人参や生野菜。

そして4。これだけがんばって好き嫌いをなくして、たった三品目だけ、どうしても好きになれないものが残った。

その三品目とは、鮑《あわび》（刺身）、サザエ、松茸である。三つとも、いかように嫌おうがまったく支障がないものばかり。鮑だいっきらいなのに三日連続鮑で、まいっちゃうよもう、なんてことはあんまりあり得ないからね。

食事に誘ってくれる人が、「嫌いなものありますか」と訊《き》いてくれたとき、「鮑」と答えると、たいてい、ふふふ、と笑われる。そんなもん食わせるわけないじゃんよう、というような笑い。

そう。鮑もサザエも松茸も、嫌いで一向にかまわない。

しかし、なぜこの三つが残ったんだろうと考えて、はたと気づいたことがある。練習不足なのかもしれない。おいそれと練習用に買えるものじゃないし。

私の今の野望は、この4をなくすことである。とすると、残るは練習しかない。

それで、初秋、テレビも新聞も松茸松茸と騒ぎ出すころあいに、松茸を買いにデパートにいった。

松茸は、椎茸やもやしなんかと区別された、飾りつけを施された特別棚にあった。1900円、3000円、4800円、10000円、20000円、40000円、と六種類あった。40000円？　すごい世界だな。

10000円を買おう、と思った。それくらいならきっとおいしいんじゃないか。好きになれるんじゃないか。しかしどうも手が出ない。10000円の松茸買って、やっぱまずい食べられない、になったらどうすんだ。飾りつけのされた棚の前でうんうんと悩んで、私の手がつかんだのは、4800円だった。まったく小心者である。

でも、それだけで4800円の食材ってどうか。一尾100円の秋刀魚なら、四十八尾買える。グラム1000円の松阪牛だって四百グラム……。いや、こういうみみっちいすり替え計算はよろしくない。私は意を決してレジに向かった。

その日は松茸ご飯にした。出汁《だし》と醬油《しょうゆ》と酒で炊《た》きあげる。お釜《かま》のふたを取ったときに立ち上る、あの独特のおが屑《くず》みたいなにおいに、早くも「うっ」となりながら、食べました。

うーん……3には格上げしてもいいかな……。かなしい感想だが、思ったことはそれだけだった。ああ4800円。3に格上げしてもいいかな、と思うためだけの4800円。

いやきっと、まだ練習が足りないのだ。もっともっと松茸づくしを続けなければ、1には格上げしないのだ。そう思ったものの、あれ以来松茸買っていません。練習には不向きな値段すぎる。生まれたときからすでに松茸好きだった人が、ほんと、うらやましいかぎりだ。

ラーメン　680円

ふつか酔いのときかならず食べたくなるものがある。それはラーメン。油ぎとぎとのラーメン。

私の住む町はラーメン屋が林立している。この町に引っ越してきたとき、私はラーメン屋詣《もう》でをした。おいしい店とおいしくない店がある。おいしい店はきちんと混んでいる。おいしくない店はきちんと空《す》いている。当たり前のことなのだが、私にはなんだか衝撃的だった。真実ってこわいと思った。

それで、今日もふつか酔いなので、お昼はラーメンにしようと決めていた。ところがここで問題にぶち当たる。おいしいラーメンを食べたいが、おいしいラーメン屋は混んでいる。行列なんかできちゃうのだ。自分の住む町で、仕事の合間に、行列に加わってまでラーメン食べるのは嫌だ。さっと食べてさっと帰って仕事の続きをしたい。

考えたあげく賭《か》けに出ることにした。

駅前に博多ラーメンの店がある。ラーメン屋詣でで私はここに入っていない。駅前、というところからして、失格だろうと思いこんでいたのだ。

この店は地下にあるので、混んでいるのか空いているのかの判断がつきにくい。行列ができていないことはたしかだ。

ここにいくことにした。行列はできていないが、ふつうにおいしいに違いないと決めて、私はそこに向かった。店に入ると、なんと昼どきだというのに客はひとりもいない。げ、と思ったが入ってしまったのでしかたない。席に着いた。一番オーソドックスなラーメンを注文した。

運ばれてきたラーメンのスープを、おそるおそる飲んでみて、私は目を宙に泳がせた。

まずかったのだ。本当にまずかったのだ。

あの、おいしい店とおいしくない店ってのはたしかにありますが、まずい店、というのはあんまりないんです。おいしくない、というのはつまり、おいしいものと比べたら劣る、という程度で、食べられることは食べられる。そもそも、まずいパスタとかまずい煮物とかはあるけど、まずいラーメンってあんまりないでしょう。夏、海の家で食べるラーメンだってそれなりにおいしいじゃん。

ところがこのラーメン、本当にまずかった。こんなにまずいのはじめて食べた。あんまりまずいので、私の舌がおかしいんじゃないかと思ったくらいだ。

スープは油をお湯で溶いたような味。麺《めん》は束ねた糸を食べている感じ。ふつか酔いも手伝って、食べているだけで気持ちが悪くなってくる。

ふらりと入った店で、あまりにまずいものが出てきた場合どうするかと、いろんな人に訊《き》いたことがある。じつに多くの人が、残して店を出る、と言っていた。私はなんだかそれができない。きっと貧乏性なのだ。それで、あまりにもまずいものが出てきたとき、調味料、おもに辛味系をどばどばかけて限界まで食べる。私は唐辛子が大好きなので、唐辛子や七味やタバスコなんかをどばどばかければ、少しだけ自分の好みの味に仕上がるのである。

まずいラーメン屋で、だから私は唐辛子系がないかさがした。テーブルにあるのは、紅生姜《しょうが》、高菜、胡椒《こしょう》、ゴマのみ。やむなく高菜と紅生姜をどばどば入れてみた。

少し、ましになったものの、依然としてまずい。食べ続けるのが苦痛であるくらいまずい。おなかまで痛くなってきた。

まずい、まずいと思って食べるからまずいのだとふと思い、「うーん、おいしい、最高」と心のなかで言いながら食べてみた。けれどやっぱりスープは塩を入れず油をお湯で溶いた味だし、麺は糸みたいにかすかすでなんの味もしない。ラーメンはいったいどのように作ればこれほどまずくなるものなのか。いっそのこと、インスタントラーメンを出したほうがいいのに。

客はぜんぜん入ってこない。みんな知っているのだ。なんだかだまされたような気がしてくる。まずいって知ってるならまずいって教えてよ！　と、だれにたいしてか八つ当たりしたくなる。

不思議なのは、店の人である。この店は、中年夫婦で営んでいるようである。おじさんが厨房《ちゅうぼう》、おばさんがフロアを仕切っている。この二人は、たぶんこの店をはじめるとき、何度も何度もラーメンを作って試食したはずである。それで、「これだ！」と思ったはずである。この人たちの味覚は、どこかおかしいんだろうか。よしんば味覚が常人と異なっていたとしましょう。油を湯で溶いた糸ラーメンがどの店にも負けないと、彼らは信じているとしましょう。だとしたら、客のまったく入ってこないこの状況を、どのように理解しているのだろうか。

どいつもこいつも味のわからん馬鹿《ばか》ちんめ、と思っているのだろうか。駅の反対側に、長い行列のできる有名店があるのだが、あれは味のわからん馬鹿ちんが、行列に乗じて並んでいるだけだと思うのだろうか。

この二人が、客がこないのはラーメンがまずいからだと気がつくときがくるのだろうか。しかし気がついてしまったらどうなるのか。修業しなおし？ それとも鞍《くら》替え？ いや、ひょっとしたら、彼らは自分たちのラーメンがまずいととうに気づいているのやもしれん。まずいがそれしか作れないのだから致しかたないと、開きなおっているのかもしれん。私のように、なんにも知らずふらりと入ってくる数人の客を、巣のなかの蜘蛛《くも》みたいに待ちかまえて日々暮らしているのかもしれん。と、そのようなことをぐるぐる考えて懸命に気を逸《そ》らし、ラーメンを食べ続けた。三分の二ほど食べたところで、しかしギブアップ。これ以上食べたら本当に具合が悪くなる、と思い箸《はし》を置いた。

店を出て、地下から地上に続く階段を上がっていくと、すっきり広がる青空が見えた。いつも通り町を行き交うたくさんの人の姿があった。帰ってこられた、となんだかほっとした。

これだけまずいとくりかえすと、しかし、食べてみたくなりませんか。おいしいものは今やいつでも手に入るけれど、正真正銘まずいものって、なかなか出あえないからねえ。

クリスマス後物欲
35000円

クリスマス当日、所用があってデパートにいってびっくりした。アクセサリー売場が、黒山の人だかりではないか！　カルティエもフォリフォリもカルバンクラインもクレージュも、店という店全部、人がびっしりと覆《おお》っている。人、というかぜんぶカップル。こんなにたくさんのカップルをいっぺんに見たのははじめてだ、というくらいの数。

そうか、クリスマスは男の子が女の子にアクセサリーを贈る日だったんだね。いや、知りませんでした。

私はもの心ついたときからサンタクロースの存在を信じていない子どもで、けれど毎年クリスマスは祝っていたから、近しいだれかに贈りものをもらうのは当然だと思っているふしがある。キリスト教徒でもないのになぜクリスマスを祝う必要がある、なんて言って、贈りものをやりとりしない男の子がたまにいるけれど、私に言わせれば愚の骨頂、というか、つまらないことこの上ない。だって、贈りものを同時にやりとりできる機会なんて、クリスマスをのぞいたらほかにないじゃん。

それで、今までずっと、家族とも恋人ともクリスマスは贈りものをやりとりしてきた。子どものころから、私用のプレゼントはリクエスト制だった。何々がほしいからそれをください、と最初から言うのである。驚きも色気もないが、でも、ほしくないものはいらないのだ。子どものころから現実的だったんだなあ。

大人になってからはもっぱら友人と恋人としか贈りもの交換をしていないけれど、それもまたリクエスト制。ほしいものを言って、ほしいものを聞いて、贈りあう。

黒山状態のアクセサリー売場を見て、今まで私がもらってきた（つまりリクエストしてきた）クリスマスプレゼントを思わず思い起こしてしまった。スーパーファミコン、セガサターン、プレイステーション、プレイステーション2、プレステ2のソフト……なんかゲームばっかりだ！

これはどういうことかと、ひまにまかせて自己分析してみたところ、私にはどうも、クリスマスプレゼントに対する照れがある。たぶんその照れのせいで、子どもじみたお祭りにしたいという気分になる。プレゼントを配って歩くサンタクロースなんていないと知っているんだけれど、サンタクロースごっこを敢《あ》えてするのだという意識がある。

サンタクロースの絵なり人形なりの隣には、いつもぱんぱんに膨らんだ白い袋があるけれど、あの中身、いったいなんだとみなさんはお考えになりますか？　私はどうも、愚にもつかないおもちゃ関係のような気がしてならないんだよな。子どものころからずっとそう思っていた。

それで、クリスマスプレゼントといえばおもちゃが連想され、自分に適したおもちゃは何かといえばゲーム関係だと結論が出る、ようなのだ。

たまたまクリスマス間近のとき、本気でほしいもの、もしくは早急に必要なものがあったとする。乾燥機つき洗濯機とか、ヘルシア（脂《あぶら》を落とす新発売のオーブン）とか、犬（黒パグ）とか、電気の笠《かさ》とか、正月用のおいしい餅《もち》とか。でも、本気でほしいものや必要なものをリクエストするのは、照れが邪魔してなかなかできない。いや、スーファミもプレステもそのときはほしかったんだけれど、ほしいリスト、必要リストではけっして上位ではない。

かような理由で、アクセサリーというのも無意識にクリスマスプレゼントから除外していたんだな。アクセサリーを本気でほしいとかすごく必要というわけではなくて、なんとなく、本気っぽいかんじがするでしょう。その「かんじ」に照れちゃうんだな。

あんまり人が群がっていると、自分も混じりたくなるミーハーなところが私にはあって、それで、人と人の隙間《すきま》にちょっと押し入ってみた。が、ガラスケースの中身はなんにも見えない。カップルが身を乗り出しているから、目を凝らしても見えるのはせいぜい、ケースに敷き詰めてある布地のみ。もっとよく見ようと思って、ぐいと体を押しこんだら、ぐいぐいと押し戻された。そんなことされると、なんだか私も今、まさにこの瞬間、みんなとともにアクセサリーを買わなきゃいけないような気になってしまう、恥ずべきミーハーなところも私にはあって、ぐいぐいとさらに押し入り、ぐいぐいぐいと押し戻され、ぐいぐいぐいと位置を移動し、さらにぐいぐいぐいぐいと押しやられ、気がつけば通路にぽつんと立っていた。

これ、私二月にも経験しました。恐怖のチョコレート売場である。チョコレート売場には女しかいなかったが、アクセサリー売場は女と同数男も混じっているので、人のかたまりがなんだか硬い。押し戻される力も強い。アクセサリー、見たいのに、まったく見れん！　どれだけ移動しても片鱗《へんりん》すら見れん！　物欲がこんなに刺激されているのに！

しかし近寄れないんだからしかたない、すごすごと用を済ませてデパートを出た。

焼き肉を食べているカップルはできている、って昔、どこかで読んだか見たかしたけれど、クリスマスにアクセサリーをリクエストする、されるカップルというのは、どの程度の親密度なんだろう。「照れ」がまったく介在しないくらいの近しさ？　それともクリスマスの照れというのは私独特の気分で、クリスマスとアクセサリーはごくごく自然に寄り添っているものなのか。

黒山の人だかりなんか見てしまったものだから、へんに物欲が刺激され、後日、私はひとりでアクセサリーを買いにいった。アクセサリーをつけることはほとんどないんだけれど、買うのは好きなのだ。

クリスマスも過ぎ、元通りひとけの少ないアクセサリー売場を好きなだけ眺め、そうしてはたと気づいたことがある。

この値段。アクセサリーのこの値段って、ひょっとして、女向けにではなくて、男向けに設定されているのではないか？

世のなかには女値段と男値段とある。８００００円の自転車なんかは完全な男値段だと思う。１２０００円の靴というのは女値段。有名作家の椅子《いす》２２０００円というのは男女兼用値段だが、漫画みたいなキーホルダー３８００円は女値段。それぞれ、財布を開けてもよし、とする値段がある。

それで、ふだん使いのアクセサリーというのは、女値段のようでいて、しかし男値段なんじゃないか。だいたい１００００円台から５００００円。好きな子が喜ぶならまあいっか、と男の子が財布を開けられるような、微妙な値段だと思いませんか。これが１０００００円台から２０００００円だったり、５０００円から２０００円くらいの幅しかなかったら、クリスマスにアクセサリー売場が黒山になることはないと思うんだが。

そうかそうか、アクセサリーというのは、クリスマスにかぎらず男の子が買うことのほうが多いのかもな、なんて心のうちでつぶやきつつ、じっくり吟味して、みずから財布を開けて買いました、ブレスレット３５０００円。

家に帰ってきてから、なんでブレスレットなんか買ったんだろう？　とふと思い、ああ、クリスマスに刺激された物欲の残り香だと思い至り、来年のクリスマスはアクセサリー売場になんか近づくまい、と心に決めた。

ランチ
（まぐろ味噌丼定食）
400円

年明けは四日から仕事をはじめた。世間といっしょである。

私が仕事をするのは平日の八時から五時で、昼めしはいつも近場の店でランチを食す。今日の昼も、ランチを食しに出向いた。

近所にフランチャイズふうの飲み屋があり、昼はランチ営業をしている。この店のランチをすごく好きというわけではないのだが、店が広くていつも空《す》いている。この日、私は所用があって急いでいたので、空いているところにしようとこの店に入った。

ところがなんだかいつもと雰囲気が違う。さほど混んではいないのに、店じゅうに異様な緊迫感が漂っている。

席に案内され、異様な緊迫感の原因がじょじょに理解できた。

正月明けで人手不足なのか、それとも、他の店が休業中でいつもより客が多いのか（とはいえ、全席が埋まるほどではない）、店員たちは走りまわり、客たちは何も置かれていないテーブルに肘《ひじ》をつき殺気立っている。つまりほとんどの客に、注文の品が届かず、みんな待ちくたびれているらしい。

ああ、なんかやばいところへきてしまったよ、と思いつつメニュウを開き、釜飯《かまめし》が食べたかったのだが、これは絶対にやばそうなので、日替わりメニュウ（まぐろ味噌丼《みそどん》定食）を注文した。

私の隣の女性六人グループ。五人がおんなじ日替わりメニュウで、ひとりがしょぼんと茶をすすっている。走りまわる店員をひとりが呼び止め、「この人の、まだなんですかァ?!」と殺気立った声で訊《き》いている。「すみません、すぐお持ち……」と言葉尻《じり》を消して走り去る店員。

奥にいる男女混合五人グループ。こちらは全員食事を終えて談笑している。談笑しつつ、しかし何か不穏な空気が、テーブルの上、十五センチあたりに漂っている。こざっぱりした男が手を挙げて走りまわる店員を呼び止め、「コーヒー、まだかなあ」苛《いら》立《だ》った笑顔で訊く。「すみません、すぐお持ち……」走り去る店員。

窓際《まどぎわ》にいる中年男女二人連れ。ひとりが釜飯を食べ、ひとりは待っている。とそこへ、店員が釜飯ののった膳《ぜん》を持って走りこんで、「たいへんお待たせ……」と言葉を切り、「あっ、違いました、すみませんっ」と奥へ走り去る。誤配膳らしい。するると、釜飯を食べていた女がいきなり立ち上がり店員を走って追いかけ、「もうそれでいいです、釜飯余ってるならくださいっ」と叫んで、向かいの男に釜飯膳を与えていた。

仕切りの向こうから中年女性五人グループのひとりが立ち上がり、厨房《ちゅうぼう》に顔を突っこんで、「ちょっとォ、お箸《はし》ひとつついてないんだけどォ」と怒鳴っている。するとさっきのコーヒー男性、「もういいよっ、キャンセルキャンセルっ」と大声で言いながら席を立ち、みなを促している。彼もどすどすと厨房までやってきて、「コーヒーキャンセルねっ、伝票くれ！」と怒鳴っている。

店じゅう、すごいことになっている。てんやわんや、ってこういう状態を指す言葉なんだろう。この状態を知らない客が、ガラスばりのドアを開けにこやかに店内に入ってくる。ああ、きちゃだめだよ、こわい思いするよ……と固唾《かたず》を呑《の》んで彼らを見守っていると、店長らしき年輩の男が入り口に走りこんできて、平身低頭何か言っている。そうして客たちはそのまま店を出ていってしまった。どうやら、てんやわんやに困憊《こんぱい》した店長、落ち着くまでは客を増やさないつもりらしい。

そんなあいだも、コーヒーはまだか、だの、注文とりにこい、だの、店内には店員を呼ぶ声が響き渡り、店員たちがばっさばっさと走りまわっていた。

私の前に老人がひとり座っていた。彼は私より先にそこにいたが、テーブルにはやはり茶しかない。老人は退屈そうに自分の指をいじっている。

あ、そうだ、そういや私もこのあと用があるんだった。思い出し、じりじりと私は厨房をのぞきこむ。暖簾《のれん》の下から、走りまわる人の姿が見えるのみで、何か新しい料理が出てくる気配はまるでない。ぶりぶり怒った客たちが食事を終え、次々と席を立ちレジへ向かい、そこでまた長い行列ができる。

何が嫌いって待たされることが嫌いである。ランチを食しにいって十五分以上待たされるともう、腹のなかが怒りでふつふつと沸き立つ。このときも、当然怒ってしかるべきだった。なんなんだこの状態は。日替わりくらい出すのわけなかろう。ごはんの上にねぎとろ置いただけの料理とも呼べない料理じゃないか。このあと用事があるんだし、いっそのこと、もう帰っちまおうか。と、いつものごとく怒ったのであるが、しかし、怒りは沸点に達する前にへなへなと蒸発してしまう。なんなんだこの状態は。と怒った一瞬のちに、だいじょうぶなんだろうか、とひよひよと心配になる。もう帰っちまおうか、と椅子《いす》をずらしかけた次の瞬間に、ああ、あのおばさんがさっきから店員を呼んでいるよ、気づかないと騒ぎになるよ……と泣きたい気分になる。

このとき私は、己の短気克服法をひらめいた。自分が怒るより先に、だれかがそれを上まわる勢いで怒ってくれればいいのだ。酔っぱらいの論理だ。同席しただれかが、自分より早く泥酔《でいすい》状態になると、なかなか酔えない、あれと同じ。私の短気は、このとき、店じゅうにあふれかえる人々の怒りと苛立ちによって、あぶくのごとく霧散していった。そうして、待たされているというのに、なんだか自分のせいでこの混乱がおきたかのように、ちんまりと椅子に縮こまって座っていた。

三十分近く待ったのち、ようやく私の前に日替わりランチが運ばれてきた。私はちらりと前の座席の老人を見た。老人にはまだ料理がきていない。何も私が責任を感じることはないのだが、私はさらに萎縮《いしゅく》して丼《どんぶり》のふたを開けた。

まぐろ味噌丼というのは、ごはんの上にねぎとろと錦糸卵《きんしたまご》と海苔《のり》ののった丼で、そこに醤油《しょうゆ》ではなく特製味噌を垂らして食べるものだった。ふーん、味噌ね、と思うこともなく、私は暗くうつむいて小鉢の味噌を丼に垂らし、もさもさと食べた。老人をちらりと見るが、彼の料理はまだである。彼もこちらを見ている。先に食べてすみません……というような心持ちで胃が淡く痛む。

そんななかも、惨状はまだ続いている。箸がない、水がない、お茶が空、と叫ぶ客たちの声、走りまわる店員の影、レジの行列、そして、そこここのテーブルに放置された空の食器。味なんかまるでわかったもんじゃない。私は異様な早さで、せっせかせっせかとごはんを口に入れ続けた。

三十分待って、十分で食事を終えてしまった。そのころになってようやく、私の向かいの老人に釜飯が運ばれてきた。なんだか彼の手を取って「よかった！」と叫びたい気分だった。

伝票を持ちレジに向かい、列につく。こちらは思ったよりは待たされず、レジカウンターに伝票を置き、財布から紙幣を取り出すと、

「あの、たいへんお待たせしてしまったので、むにゃむにゃむにゃ……」

と声がした。へっ？　と顔を上げると、レジにいるのはあの年輩の、店長らしき男である。

「へっ、なんですって」

私は訊いた。単純に、むにゃむにゃむにゃ、のところが聞こえなかったのである。この訊き返し、店長には怒りの「はあっ？　なんですってえっ？」に聞こえたのかもしれない。彼は消え入りそうな声で、

「お待たせして本当に申し訳ないことをしました。お勘定はいただけませんので……」

と上目遣いに私を見るではないか。

ぎょええ。待たせたからってタダにするなんて、聞いたことないよ。それにね、おじさん、私、もうどっこでもいっつでも待たされてんの、薬屋いきゃー待たされるし、切符買おうとしちゃー待たされるし、タクシー乗ろうとしちゃー長蛇の列だし、短気の逆因果で待ち時間を呼ぶような気もするんだけれど、とにかく待って待って待ってばかりの人生だから、そんな、タダになんかしてくれなくったっていいよ……という気持ちでいっぱいになり、「いいですよ、払わせてください」おずお

ずと私は言った。

店長らしき人は困ったような顔をして、「それじゃああの、半額だけいただきます」とさらに消え入りそうな声で答えた。899円の定食なので、半額は約450円なのに、500円玉を出したら100円のお釣りをくれた。

なんだかぽかんとした気持ちで店を出た。

あ、そうだった、待ち合わせがあるんだった、と気づいて昼下がりの町を走りつつ、なんとなくしょんぼりしている自分に気づいた。

きっと怒りは私にとってエネルギーなんだろう。エネルギーをがんがん燃やせるはずの場所で、いたずらにくすぶらせられたあげく、「タダでいい」という発言によって、最後の燃えかすに水をかけられた感じなのだった。怒りたいときに怒りの芽をつまれるというのは、かように心許《こころもと》ないことなのだ。

昼食が半額になるより、正価でぶりぶり怒っていたいなあ。そのほうがどんなに健康的なことだろうか。そんなことを思いつつ、待ち合わせの場所にいき、なぜか約束の時間にこない相手をじりじりと待つ私だった。

記憶

9800円×２

毎年母親の誕生日に、温泉旅行をプレゼントしていた。とはいえ、私のほうが二日三日と家を空けることができず、たいてい、近場の温泉に一泊である。旅行でも食事でも、何か特別なことをしよう、という段になると母は突然無力・無意志になる。どこいきたい、と訊《き》いても「どこでも」だし、何食べたい、と訊いても、「なんでも」である。これは単純に、何か調べるのが面倒だからだと思う。それで、この温泉旅行の行き先や宿は、私が独断で決めることになる。

自分で言うのもなんだが私はたいへんに忙しい。三年前もおんなじように忙しかった。雑誌を数種類買ってたんねんに宿を調べたり、旅行会社にいって話を聞いたり、そういうことに割ける時間がない。それでいつも、インターネットで宿捜しをすることになる。

三年前も、私はそうしてインターネットで検索をくりかえしていた。前の年に箱根にいったから、今年は日光にしようとなんとなく決めて、日光の温泉旅館を調べる。日光はなぜか安い宿が多かった。10000円前後で、前沢牛食べ放題とか、にぎり寿司《ずし》食べ放題とか、ほんとうかよ、と言いたくなるような宿ばかり出てくる。そのなかに、一泊9800円、夕食は豪華松茸《まつたけ》コース、という宿があった。私は松茸が好きではなく、どちらかといえば肉が好きなのだが、母は肉が嫌いで松茸好きである。母の誕生日なんだし、これは牛ではなく松茸を選ぶべきだろう、と親孝行の私は考えた。

さて松茸つき9800円の宿とはいかがなものだろうと、ホームページの「外観・部屋・風呂《ふろ》」欄をクリックしてみると、画面上にあらわれたのは、ずいぶんと立派な建物である。川沿いに建っていて、どの部屋も川に面しているという。風呂も広々して立派である。これで9800円って、ずいぶんお得なんじゃないか。インターネット上で、早速もうしこんだ。

そうして当日、浅草から急行電車に乗り日光に着き、地図を持って宿に向かった。このようなときも母は無力・無意志である。ちいさな子どものように、きょろきょろしながら黙ってついてくる。地図も見ようとしないし、迷っても正しい方向を捜そうともしない。つまり完全人まかせ。

地図を読めない私は、駅から歩いて徒歩五分もしない宿に着くのにさんざん迷い、やっと捜し当てた。当てたのだが、「えっ」と立ち止まってしまうようなぼろ旅館である。和風旅館ならぼろくてもなんとか風情《ふぜい》が出そうなものだが、しかし目の前にそびえているのは、ホテル風旅館。なんちゃって西洋風なところがものがなしさをあおる。

昭和四十年代ってこんなだったよなー、と私は呆然《ぼうぜん》としながら思った。四十二年生まれの私自身のおぼろげな記憶と、それから加山雄三《ゆうぞう》の「若大将シリーズ」の雰囲気を掛け合わせてみると、昭和四十年代は似非《えせ》和洋折衷、という言葉が一番ぴったりくる。この時代、従来の純和風がださいと見なされ排除され、洋風なものがとにかくかっこいいと受け入れられ、けれど純和風は排除しきれず、ごっちゃになってしまった不思議なセンス。畳にソファとか。和室にカーテンとか。松の木にクリスマス飾りとか。

とにかく、たどり着いた温泉宿はそのような似非和洋折衷型ホテルだった。昭和四十年代には人気があったんだろうことが、見ているだけで感じ取れる。海外旅行がまだ夢の世界で、団体旅行がもてはやされていた時代。不必要に広い（そして今はがらんとしている）駐車場に、団体さんを乗せたバスが次々と入りこんでくる様が、目に浮かぶようであった。

「なんていうか、なつかしい感じ」隣に立ってやはりぽかんとぼろホテルを見上げている母に、私は言った。

「そうね、なんていうか……」母はそのまま絶句した。

内部もたいへんにものがなしかった。すり切れた赤い絨毯《じゅうたん》、ロビーに並べられた古めかしいソファ、開店閉業状態の土産物屋、ホテル然としているのにスタッフのひとりもいない受付カウンター。呼び鈴を鳴らしてもなかなかスタッフはあらわれず、やっとあらわれた男性はポマードでぴったり髪をなでつけていて、四角いプラスチックのキーホルダーがついた鍵《かぎ》を渡してくれた。

これまた中途半端《はんぱ》に年代物のエレベーターで上階に向かい、指定の階でおりると、細長い廊下にずらりとドアが並んでいる。ビジネスホテルか、もっと悪くすれば、悪いことをした人が入れられる宿舎のようである。絨毯にはところどころ煙草《たばこ》の焼け焦《こ》げが残っている。

部屋はたしかに川に面していた。窓の下、鬱蒼《うっそう》と木に覆《おお》われた細い細い川が、ちょろちょろと流れている。アルミサッシ、磨《す》りガラスの窓で、和室はふつうの和室なのに、なぜかこちらを落ち着かない気分にさせる。仲居さん(茶髪のギャルふう)の入れてくれたお茶を飲み、

「散歩をしよう」

私は提案した。無力・無意志状態の母は、そうねえ、と部屋をぐるぐる見まわしながら答えた。

ものがなしいホテルを出て、母と近隣を散策しはじめたのだが、周囲にはこれといって見るべきものもない。土産物屋も、神社仏閣の類《たぐい》も、資料館も、美術館も、なーんにもない。国道がまっすぐ続いていて、両側に、さびれた似非和洋折衷ホテルが点々と建っているほかは、ラーメン屋とか、激安靴屋とか、コンビニエンスストアとか、見るべくもない店が点在しているのみ。歩く私たちのわきを、車がびゅんびゅん通り抜け、そのたび土埃《つちぼこり》が上がる。

「なんだかあそこの宿は立派ねえ」数軒先にある和風旅館を指して母は言った。こ

のあたりから、じょじょに彼女には力と意志が戻ってくる。「こっちの宿もまあまあよねえ。それに比べてさっきのところ……」戻ってこなくていいときに力と意志を取り戻すのが、母親というものである。「こういう宿は、とれなかったの？」

私だってそう思っていた。失敗した、とはっきり自覚していた。ホームページの靄《もや》がかかった写真なんか信じるんじゃなかった。捜す手間を惜しむんじゃなかった。この際さっきの宿をキャンセルして、母の指す立派なホテルに飛びこんでみようか。しかし自分で思うのと、人に言われるのとでは雲泥《うんでい》の差がある。どこにいきたいか訊けばどこでもいいだし、宿は全部まかせるわだし、今まで幼子のごとく無力・無意志だったのに、なんで文句言うときばっかり力と意志を取り戻すわけ。と、私はむかつきはじめていた。

しかし車のびゅんびゅん通る国道沿いで喧嘩《けんか》したって、さらにものがなしいだけだ。

「夜ごはんがきっとおいしいんだよ。松茸コースだし。帰ってお風呂でも入ろうか」

私は陽気に言って、母を連れ国道を引き返しはじめた。

結論から言うと、風呂と食事も最悪であった。風呂は広いは広いが、それだけである。なぜか壁一面深紅のタイル貼《ば》りで、カランの上にこうこうとしたライトがついていて、なんだかラブホテルの風呂みたい。しかも、広い湯船には髪の毛が浮いている。食事はといえば、松茸コースであるのに松茸が使われているのは土瓶蒸しとごはんだけで、土瓶蒸しの松茸はなんのにおいもせず、エリンギとまったくかわりがない。ごはんにいたっては、どう見ても松茸とは思えないきのこの切れっ端が混ぜこんであるのみ。松茸は苦手だが、しかしこれはあまりにも……。失意の底にいる私に、今や意志と力を取り戻し絶好調である母が追い打ちをかける。「ねえこれ、どう見たって松茸じゃないわよね、それにこの天麩羅《てんぷら》べちょべちょよね、それにしてもさっきのお風呂はすごかったね、掃除なんかしてないのかもね、そこの洗面所だって錆《さび》が出てるしさあ、なんていうか、全体的に不潔な感じがするのよね」

私だってまったくおんなじことを思っていた。けれど（しつこいようだが）自分で思うのと人に言われるのとは大違いなのだ。私はもはやぶち切れそうであった。文句があるなら自分で宿を捜して予約すればよかったのに、前沢牛がいいところを松茸に譲ってやったのに、忙しいのにインターネット検索して捜したのに、それに安かろうがぼろかろうがここの払いは私なんだからお礼のひとつくらい言えばいいのに！！！

どんよりと暗い食事であった。食事のほとんどを残し、私と母は茶をすすりながら黙ってテレビを眺め、一刻も早く眠る時間がくるのを待っていた。

茶髪ギャル風の仲居さんが、食器を下げにきた。母はもう一度風呂に入りにいっていた。

「おかあさん、お誕生日なんですってね」仲居さんが笑顔で言った。

「えっ」なんで知っているのかとびっくりして私は訊いた。

「さっき、お嬢さんがいらっしゃらないとき、おかあさん、うれしそうにおっしゃってましたよ。毎年お誕生日に温泉につれてきてもらうんだって。ありがたいことだって。親孝行なんですね」

私はぽかんとして料理の残った皿を見た。うれしいという気分と、気に入らないという文句は、どうやら母のなかでは矛盾しないらしい。前者は他人には言えるが娘には言えず、後者は他人には言えないが娘には言えるってわけなのか。まったく母という人種は、三十年以上ともに過ごしても、わからないことが多いものである。風呂から戻り、母はあいかわらず絶好調で風呂場の汚さを嘆いていたが、私はもうぶち切れたりしなかった。ゆったりと穏やかな気分で、はあはあ、まったくそうでございますね、と相づちを打ち続けた。

ところが私の余裕は、そうそう長くは続かなかった。

翌朝、ぼろ旅館をそうそうにチェックアウトし、私たちは日光江戸村にいった。いろんなショーや出し物が時間差で上映され、「見たい？」と訊くと、母はすべて「見たい」と答えるので、ひとつひとつ、なかに入って見ていった。しかしここでも文句炸裂《さくれつ》。「なんだかよくわかんなかったわ」「退屈だったわね」。挙げ句の果て、お化け屋敷にまで入りたいというのでいっしょに入ったところ、途中で恐怖のためか動けなくなり「もういやだ」としゃがみこむ始末である。「もういやだ、私を置いてあんた先にいって」しゃがみこんだまままそんなことを言う。「だってひとりじゃ出てこられないでしょうよ」「いいの。もうとにかくいやなの。先にいって。私はここにいるから」――まるきり子ども状態である。引きずるようにしてお化け屋敷から母を連れ出した。

陽光の下に出てきて開口一番、「ああもう、なんでこんなところに入ろうなんて言うのよ。ふつうじゃないわ」。

そんな、自分が入りたいって言ったんじゃんか!!と、私は再度ぶち切れて、本当にさっき置いてきてやればよかった、とすら思うのであった。

手相見が出ていた。昔風の小屋のなかに、着物姿のおばさんが退屈そうに座っている。「見てもらおう」すべての文句を忘れたように、母は小走りに占い小屋へ向かった。仕方なく私も続いた。

おばさんは、占ってもらいたいのは私だと勘違いして、私の手を見ようとする。「私です、私」母は俄然《がぜん》張り切って自分のてのひらを押しつけるように差しだしている。おばさんは母の手を見、数分あれこれ言っただけで、私のほうをちらちらと見て、「お嬢さんも占ってあげましょうか」と言う。母はつまらなそうな顔をして、「占ってもらったら」と自分の手を引っこめた。やむなく私は両手を差しだしたのだが、母の占い時間に比べて私のほうがなぜか格段に長い。結婚は……恋愛は……仕事は……と、なかなか終わらない。「三年後、仕事の関係で何か大きな賞をもらう」と占いのおばさんに言われ、私はほくほくして占い小屋を出たのだが、隣で母はむっつりと不機嫌である。

「あの人、おばさんの手相見るより若い人の手相のほうが見たかったんだね」といじいじ言う。

「だって恋愛や結婚なんて、おかあさんのを見たってつまらないじゃないの」

「そりゃそうだけど、あからさまに時間が違うんだもの。あーあ、なんかがっかり」そうして私をぎろりとにらみ「占いの人言ってたじゃないの、結婚するなら今だって。あんたもいいかげん結婚してちょうだいよ」話題変換、小言モードである。

お化け屋敷にまた入れたろうか、と本気で思う私であった。

あの宿は、母との旅行のなかで、いやもっと言えばすべての旅行のなかで最悪であった。あれほどものがないところに泊まったこともないし、あれほどおいしくないごはんを食べたこともあんまりない。永遠に私のなかで失敗の烙印《らくいん》である。

その後、とくに母親との旅行には、母のためというより私の精神衛生のため、念には念を入れて宿捜しをするようになり、出費が少々いたくても大奮発するようになった。だってぶち切れたくないじゃん、こともあろうに温泉で。

昨年の母の誕生日、温泉にはいけなかった。母は入院していたのである。そうして誕生日の後たった九日間生きただけで、死んでしまった。母と温泉に泊まりにいくことはもう永遠にない。そうなってみると、不思議にもっとも心に残る旅行は、あのものがなしい和洋折衷ホテルであり、松茸の入っていない松茸コースのごはんであり、ぶち切れながら歩いた埃っぽい国道である。図らずも、たのしかった、という感想が浮かぶから人の記憶とは不思議なものである。

ときどき思うことがある。親と子どもはおんなじことなんだな、というようなことである。子どものころ、うちは父がそういうことをなんにもしない人だったので、夏休みのたびに母が家族旅行を計画していた。新聞チラシや広告に頼って宿を捜し、私たちを引率して出かけるのである。子どもは無力・無意志のかたまりである。このバスに乗るよ、と言われれば乗って、この宿に泊まるよ、と言われればそこに向かう。親が迷ったって、きょろきょろしながらついていくだけだ。見知らぬ場所についてて気分が落ち着くと、言いたい放題がはじまる。あれを買えこれを買えにはじまって、どのおかずが食べられないだの、まずいだの、疲れた、眠い、挙げ句の果てはもう帰りたい。

親と子の立場はいつか逆転して、おんなじことをなぞる。かつて母がそうしたように、生活の合間をぬってここぞと思う旅先を捜し宿を捜し、無力・無意志状態になっている親に切符を握らせ正しい座席に案内し、宿へと引率していく。旅先の私のわがままに、母もたしかに幾度もぶち切れたことだろう（もう置いていくからね、と母に叱《しか》られたことを書きながら思いだした）。だから親を旅行に連れていく子どもも、存分にぶち切れていいのである。役まわりの交代なのだから。

私が自分にとって幸福だと思うことのなかに、それがある。役まわりを交代できたこと。母がしてくれたそのことを、私もすることができ、私に許されていたそのことを、母にも許すことができたこと。みずからのなかで失敗の烙印を押されたあの宿、ひとり９８００円の和洋折衷ホテルに泊まらなければ、私はこの一巡を意識することはなかっただろう。するとあの最悪といっていい一泊旅行が、記憶のなかで不思議な光を放ちはじめる。

一日
（1995年の、たとえば11月9日）
5964円

家計簿をつけている。いつからつけはじめたのか、調べてみたら九五年の六月四日からだった。

なぜこの年から家計簿をつけはじめたのか。経済が、たいへん不安定だったからである。正確にいえば、そのとき経済的に困窮していたわけではなく、この先、困窮するのだろうという予感があった。家計簿をつければおのれの弱点がわかる。どの分野に出費が多すぎ、どの分野がよけいであるか、たぶん一目でわかる。この先困窮しないために、十年前の六月に、私は家計簿を買いにいったのである。

そうして六月四日から、毎日毎日、使った金額と、その日食べたもの、会った人の名を、家計簿に書き続けて、十年になる。結果的には、家計簿は、困窮に対する不安を救ってはくれなかった。家計簿をきちんとつけていると、たしかに、どの分野に出費が多いか、何が無駄遣いか、よーくわかる。この場合のきちんとというのは、一日の合計を出し、週の合計を出し、月の合計を出し、一月の平均出費を割り出し、それと今日一日を比べて検討する、という、かなりのきちんと具合である。そうしていると、おのれの経済弱点がよーくわかりすぎて、そのうち、ちいさな嘘《うそ》をつくようになる。

たとえばの話。私は九五年当時、月曜日には週刊漫画「スピリッツ」を買い、木曜日には「モーニング」を買い、250円の煙草《たばこ》（マールボロ・ライト）を一日に一箱吸っていた。きちんと家計簿をつけると、これを毎回毎回、書きこまなければならなくなる。そうすると、煙草代が一月にいくらかかるのか、読み捨ての漫画代がいくらかかるのか、わかってしまう。「え」というくらいあっけなく、わかってしまう。

だんだん、いやになる。おまえさまはどうやら煙草と漫画に依存しているようであるね、と家計簿に言われたような気になってくる。それで、まず一日の煙草代を記入しなくなる。それから漫画代を記入しなくなる。リボ払いで買ったものの金額も書かなくなるし、麻雀《マージャン》で負けた金額も書かなくなる。こんなふうに、だれに対してか意味不明の見栄《みえ》がはじまり、弱点が隠され、弱点を克服しようという心意気が失《う》せる。

そんなわけだから、家計簿をつけはじめた三年後、私の困窮に対する不安は現実のものとなり、ものを書く仕事のほかに、働きに出なければならなかった。三カ月もせず困窮は乗り切れたのでアルバイトはやめたが、それは家計簿のおかげではなく、単なる偶然である。

今は、かつてのように、まだきていない未来を憂《うれ》うということをしなくなった。三年後、困窮するかもしれないがそのときはそのときである。家計簿をつけ続けているのは、だから困窮対策ではなくて、単純に癖である。書かないと気持ちが悪い。それがなんの役にもたってくれないとわかっていても、書いてしまう。

このほど家計簿は十冊になった。最初の一冊を取り出して、眺めてみる。最初の一冊には、嘘がひとつもなく、ジュース代１１０円まできちんと書きこまれていて、かつ、一日の合計、週の合計、それに基づいた一日の支出平均、一カ月の出費、などが、きちんと書かれている。

たとえば十一月九日の支出はこんな感じである。

焼き肉　3000円　ビール　740円　生協　793円　飲みもの　197円
モーニング　250円　ブロス　170円　ティッシュペーパー　564円　煙草
250円　合計　5964円

ところが、一日の支出が4000円を超えると、家計簿にはくりかえし「使いすぎ注意！」と殴り書きがしてある。約6000円も使っているこの日は、大大大出費なのである。一日、2000円くらいだと、ああよかった、という感じであるらしい。困窮してはいなかった、と先に書いたけれど、困窮していたのかな。しかし2000円以内で収まる日なんか、一年のうち数えるくらいしかない。いったい何にお金がかかるのか。一目瞭然《りようぜん》、飲食費である。もっと細かくいえば飲み代《しろ》である。

家計簿を見ていると、週のうち、三日か四日はかならずだれかと酒を飲んでいる。一回の飲み代は、最低でも3000円。はしご酒なんかしてしまうと、10000円くらいいってしまう。「使いすぎ注意!!」と幾度も書きこみながら、けれど私は決して飲む機会を減らそうとはしなかった。というよりも、飲む機会を減らせば一日の出費がおさえられる、ということにも気がつかなかった。

このころは、近所に友達がごろごろ住んでいて、飲もう、と連絡すればその一時間後に飲み屋に集合できたのだ。電車を乗り継いで、遠くに住んでいる友達を訪ねるのもぜんぜん億劫《おっくう》ではなかった。家計簿を見ていくと、そこには距離感がまったくなくて、そのことにびっくりしてしまう。近所の白木屋で飲むのと、千葉の寿司《すし》屋で飲むのと、新宿の居酒屋で飲むのと、江東区の友人宅で飲むのとが、メモを見るかぎり等距離である。飲むことに重きを置きすぎて、移動なんか、ぜんぜん苦にならなかったんだろう。

逆に、このころ節約していたものは何か、というと、アクセサリーとか鞄《かばん》とか、そういった装飾関係だ。服はお金があろうとなかろうと好きだし、なくては困るものなので、買ってはいるが、靴、鞄、貴金属、化粧品は、いっさい、と言っていいほど買っていない。まあ、近場で飲むのに装飾なんかいらないんだしねえ。そういうものを買わなければ、「使いすぎ注意」が頻出しても、人はなんとか暮らしていけるものらしい。

生活費で二十代をふりかえるとき、私の場合の総括としては、「いかに困窮の兆《きざ》しがあろうと、飲み代だけはけちらなかった」ということになる。あんまり自慢できるようなことではないが、とにかくそうなのだ。

　そうして三十代も後半に近づいた今、思うのは、二十代のとき使ったお金がその人の一部を作るのではないか、ということである。

　十代のころのお金というのは、多くの場合自分のものではない。親が与えてくれたなかでやりくりしている。二十代のお金は、例外もあるがほとんどは自分で作った、自分のお金である。なくなろうが、あまろうが、他の責任ではなく、ぜんぶ自分自身のこと。それをどう使ったかということは、その後のその人の、基礎みたいになる。もちろん基礎のすべてではない、一部ではあるが。

　今の私の足場のなかに、二十代のころとにかくだれかと飲んでいた時間、というのはまぎれもなくある。だれかと会い、酒を飲み、恋愛とか仕事とか将来とか、とらえどころのないものについて人の意見を聞き、自分の意見を言い、夜を過ごし、白んだ空を見て帰る。役にたつとかたたないとかではなくて、そうしたことが、私のなかの根っこ近くにどうも在る。

　二十代すべて、私と正反対に、装飾系にお金を使った人がいるとする。その人は確実に、私よりも装飾選びがうまいはずである。二十代のお金がその人の基礎になるというのはそういうことで、映画を見まくった人は他の人より絶対映画にくわしいし、おいしいものを食べまくった人は、絶対に舌に自信があるはずだ。自分の作ったお金を使っているのだから、その対象物が身につかないはずがない。お金というのはそうしたものだと私は思う。

装飾や映画や美食に比べて、安居酒屋で飲むという行為は、まったく無為である。センスがよくなるわけでも舌が肥えるわけでもない。けれどこの無為な時間が、今の私を助けたりもする。そのことをときどき実感する。

三十代になって、楽になったなあ、と私はよく思う。四十歳が近づくにつれてどんどん楽になる。どうでもいいことが増えるのだ。この「どうでもいい」気分こそ、二十代の無為が作り出した気分であると私は思っている。

二十代のころは、いろんなことがどうでもよくなくて、なんだか一生懸命、自分の、自分だけの見地をさがしていた気がする。恋愛について、仕事について、幸福について、未来について、ぜんぶぜんぶ、考えて、自分なりの答えを出さなければ気がすまなかった。私が友人たちと飲んでいた膨大な時間は、その考えの交換会であったような気がする。私はこう思う、それは違うと思う、たとえばそれはこういうことだと、酒の力も借りてたいへんに熱く語り合っていたような気がする。語り合ったって本当の答えなんか出ない、とわかりつつ、そうしていた。

私はもう、そういうことぜんぶ、考えない。小説にまつわることなら考えるが、私生活の面では、腑抜《ふぬ》けのように考えない。二十代のころに思っていたことと、今思っていることは微妙に変わってきてはいるが、その変化はずいぶんとふわふわしていて、そのふわふわをつかまえて言葉で考えるようなことを、私はもうしない。ふわふわなものはそのままふわふわさせている。

考えないぶん、しかし私は格段に忙しくなった。この二、三年、いったい自分がどのように日々を送っているのかわからないくらい忙しい。週に三日、四日と飲むのは変わらないが、ほとんどすべて仕事相手と仕事の話をしながら飲んでいて、だからへべれけになることなんかなく、いつもしゃきしゃきと終電前に帰る。友人に会う機会はめっきり減った。なんというか、毎日の輪郭だけ見れば、うるおいも癒《いや》しもないかさついた仕事人間みたいな日々である。それでもなんとか楽しく過ごしていられるのは、やっぱり、二十代の私が、今の私のかわりにさんざっぱら飲んでくれたからだろうと思っている。

十年前の家計簿を見返すとき、この人はこんなに困窮の兆しを抱えながら毎日飲んじゃって、情けないなあ、と思いつつ、ああこのとき、飲み代をけちらなくてよかった、貧しても飲す、でよかったと、安堵《あんど》するのもたしかである。

三十代に使ったお金というのも、きっとこの先、なんらかの意味を持つのだろうと思う。それはまだまだ気づかなくて、四十歳も半ばを過ぎたあるとき、はたと思い当たったりするんだろう。そういうとき、私がもっとも恐怖するのが、なんにもお金を使わなくって、貯金額だけが異様に高い、ということだ。一度、そういう人に会ったことがある。三十代後半だったその人は、まるで自己紹介をするみたいに、自分には貯金がいくらある、と平気で（というより得意げに）言っていた。映画も見ず、酒も飲まず、外食もせず、旅行もせず、貯《た》めたお金なんだなあとすぐにわかった。だってその人、中身がなんにもなかったのだ。二十代を貯金に費やせば、それだけのことはある、というか、それだけのことしかない。数字は積み上がるが、内面に積み上がるものは何もない。

ゆたかであるというのは、お金がいくらある、ということではけっしてないのだと、その人を見て知った。そういう意味で、まずしいまま年齢を重ねることが、私はとてもおそろしい。

あとがき

経済状況を明らかにしない両親のもとで育った。どういうわけだかわからないが、彼らはいかなる状況のときも「お金がない」と口にしなかった。もちろん、「お金がある」とも言わなかったけれど。

ときおり、町であれを買えこれを買えと駄々をこねる子どもを見かける。たいへん普遍的な光景だが、「お金がないから、だめ」ときっぱり言い放つ母親を見たりすると、私は不思議に思うのである。お金がない、というこれほどまでに有効な切り札を、なぜ我が親は使わなかったのであろうか、と。金がないと言われれば子どもにはもう反論の余地がない。それが嘘《うそ》だろうが真《まこと》だろうがあきらめるしかないのである。

お金がない、と言われない子どもは、お金というのは絶対にあるものだと思って成長する。お金とは水道の蛇口みたいなものだと理解するのだ。断水になったり出が悪くなったりすることはあるが、私には理解を超えた地下水脈と蛇口はつながっていて、いついかなるときも水は出続ける。

二十歳を過ぎたとき、私ははじめて母の口からお金がないと聞いた。私の父親は私が高校生のときに亡《な》くなっており、二十歳のそのとき、母までも入院することになった。それでいろんな準備をしている最中、入院って本当にお金がかかる、お金なんかないのにねえ、と母はぼやいたのである。そのとき、私は「じゃあ銀行にいってくればいいじゃない」と言ったそうである。そうである、というのは、私自身はそんなことすっかり忘れているのだ。

お金がないなら銀行にいけば？　これぞ地下水脈発言だ。私んちにはお金がなくとも銀行にはいっぱいあるじゃない、銀行のお金はうちのお金でもあるじゃない、というこの阿呆《あほう》全開の発言を、二十歳過ぎの成人女性がしているのだからおそろしい。

私は二十二歳でひとり暮らしをはじめたのだが、そのとき母がクレジットの家族カードというものをくれた。「もし食べることにも事欠くくらいお金に困ったら、このカードを使え」というわけである。そのカードで、私は一カ月四十万円以上の浪費をした。「お金に困る」という実感がない私は、この食器がほしい、でもこれを買ったら食べるに事欠く、カードの出番だ、という思考回路で、服もアクセサリーも家具もCDも本も、ほしいものはほしいと思ったときにばんばん買ったのだった。これまた、地下水脈行動である。ちなみに、四十数万円の支払い後、母は私からカードを取り上げて捨てていた。

「あのときは、どうしてお金に対してこんな素《す》っ頓狂《とんきょう》な娘に育ったのかと思った」と、母は件《くだん》の私の愚行・愚発言を思い出しては、ときおり嘆いていた。どうしてって、お金がない、って言葉を聞かなかったからではないかと私は思う。

カードを奪われた私は、以来、自己経済管理制のもとに生きている。つまり、自分で稼いで自分で消費する。しかし未《いま》だに、「お金というのは決してなくならない」と心のどこかで信じている。銀行残高が1000円未満になっても。数週間先まで振り込み予定がないときでも。私は確実にお金に対して何かを学び損ね、勘違いしたまま生きている。

好むと好まざるとにかかわらず、私たちは一生お金とつきあっていかねばならない。そんなことに改めて気づきちょっと途方に暮れる。ものすごく好きだった恋人と別れることがあるのに、さして好きというわけではないお金とはつきあい続けなければならない。

この一年、いろんなものを買ったり、買うのをあきらめたりした。おこづかい帳をつけるつもりで書きはじめたエッセイだが、家計簿と同じく、お金に関してはなんの示唆《しさ》もしてくれない。自分は金遣いが荒いのか否《いな》か、使いみちは正しいのか否か、一年を終えてもわからない。ただひとつ、わかったことがある。私たちはお金を使うとき、品物といっしょに、何かべつのものも確実に手に入れている、ということだ。大事なのは品物より、そっちのほうかもしれない、とも思う。

このエッセイはここで終了だけれど、私はたぶん、この先ずっと、家計簿をつけていくだろうと思う。そうしてどこかで、三十代に使ったお金が四十代の私の何をしてくれるのか、十年後にまた、思い返してみたいと思う。

私のしょぼい家計簿をのぞき見たいと声をかけてくれ、一年間おつきあいしてくださった編集部の篠田里香さん、どうもありがとうございました。読んでくださった方々、どうもありがとうございます。あんまり人と話さないお金のこと、今度私に教えてください。

文庫版あとがきにかえて

ソファテーブル

30数万円

自分で稼いだお金のみを自分の裁量でつかう、ということを、ちゃんと私がはじめたのは三十歳になってからだ。だからまだ十年ちょっとのキャリアしかない。もともとお金（というより数字）には弱いが、鍛錬が足りないところもまだあるんだろうなあと思う。さらに、二十代のときバックパッカー的な旅をくりかえしたせいで、金銭感覚にアンバランスな部分も多分にあると思う。移動費は節約するのにビールなどの嗜好品《しこう》はぜったいに節約しないとか、100円ぼられただけで泣くほど悔しがるのに、スーパーであり得ないほどの量の調味料を買ってしまうとか、財布の紐《ひも》をゆるめるところとゆるめないところが、貧乏旅行では奇妙に混在するのが常だが、それが生活にも反映されてしまったように思う。

この家計簿エッセイを書いていたとき、私は三十代半ば過ぎで、しみじみと「二十代につかったお金が三十代の下敷きになる」と思っていた。三十代にどんなお金の使いかたをしたのかが、きっと同じように四十代のある種の土台になるのだろうと、だから思っていたのだが、はて、三十代のお金が、今現在、四十代に突入した私にどう関わっているのかは、まだちょっとわからない。実感できるのは、きっとあと数年後だろう。

ただ、お金に関して、三十代のときには気づかなかったことがある。お金と心はときとして、体と心の如《ごと》く関係しあう、ということである。

傷ついたり疲れたり、あんまりよくない心の状態が続くと、てきめんに体に出る。痩《や》せる太る、熱が出る倒れる、吹き出物が出るふらつく、などである。逆もある。体調が悪いと、なんとなく気持ちも弱くなる。体と心はみごとに関係しあっている。

お金と心もそうなのではないか。疲れているとき、しんどいとき、ストレスフルなとき、私たちは、慢性的な買いもの依存症ではなくても、自分でもよくわからないお金のつかいかたをしているのではないかと思う。自覚があればいいけれど、だいたいそういうときは自覚がなくて、あとになってから、あのときはおかしかった、自分で思うよりずっと追いつめられていたんだな、と思ったりする。

仕事とプライベートがしっちゃかめっちゃかで、失踪《しっそう》したいと漠然と思っていた時期があった。五年くらい前のことだ。でもその渦中にいるときは、とにかくめまぐるしく動いているのみで、自分がそれほど打ちのめされた状態だとは思わなかった。夜更け、ひとけのないホームに立って、このまま電車を乗り継いで知らない町にいってしまいたい、そこからさらに知らないところにいってしまいたいと私は思っていたのだが、でも、自分がそうしないことだってちゃんとわかっていた。

そんな折り、ふらりと家具屋に入った。用などないのに、目についたから入ったのである。美しいテーブルや椅子《いす》や雑貨を惚《ほう》けたように眺め、きちんとディスプレイされたそれらが、いかに今の自分と隔たったところにあるかを感じ、そうして、本当にまったく意味不明なのだが、北欧の作家もののソファテーブルをカードで買っていた。30数万円。

ソファテーブルが必要だったわけではない。ほしいと思っていたのでもない。その作家も知らなかった。30数万円の衝動買いなんて、未《いま》だかつてしたことがない。でもそのとき、私はいっさいのことを考えなかった。ソファテーブルが必要か否《いな》か、とか、これを部屋のどこに置くのか、とか、30数万円が自分にとってどれほど高いか、とか、その値段と品物は釣り合っているのか、とか、どうしても買いたいのか一週間考えよう、とか、もう本当に何ひとつの疑問も提案もなく、気がついたら、配送手続きをしていたのだった。

あのとき私、やばかったなあ。しみじみそう思ったのは、それから一年ほどあとのことだ。そのとき私を追いつめていたことがらは、一応の収束を迎え、とりあえずは平穏な日々が戻り、暗いホームで失踪を夢見ることもなくなった。ソファテーブル購入の一年後のその日、家に友人を呼んで飲み会をし、明くる日、ソファテーブルにワイングラスやボトルが残した、赤い丸のしみをたくさん見つけ、布巾《ふきん》で拭《ふ》いてもそのしみは落ちず、「ま、しょうがないか」と思ったそのとき、私はふいに、そのテーブルの値段と、それを衝動買いしたときのまるきり空洞みたいな気持ちを、思い出した。思い出して、ちょっとぞっとした。

もしあのとき、私が平静な状態で、このテーブルは自分には高いけれどでもどうしてもほしいと願い、吟味を重ねてその値段に納得して買っていたのならば、拭いても落ちないワインのしみは私を落胆させただろう。30数万円のソファテーブルは、私の金銭感覚からすれば、丁重に扱うべき高級品である。けれどそのとき、飲み会のたのしい余韻のなかで、私はワインのしみなんてどうってことないと思った。その値段を支払ったときの感覚が、自分の内にないからである。みずから選んでお金を支払ったという記憶が、いっさいないからである。その奇妙さに、そのときの私は気づいていなかった。

自分には分不相応なお金を衝動的につかうことで、あのとき、私は自分の気持ちのバランスを保とうとしていたんだなあと思う。まったく不思議なことだが、お金にはそんな効力がある。無計画につかえばつかうほど、何か、すっきりするような、解放されたような心持ちになる。そんなことは、でも、まやかしなのだと思う。一瞬、お金を支払うことでバランスが保てたような気になるけれど、実際は保たれていない。だって本当には解放されないのだし、お金の効力を（頭ではなく）感覚で知ってしまうと、終わりがなくなる。もっともっとつかいたくなるのだ、「助かった」というような一瞬の錯覚がほしくて。

私のようにお金や数字に疎《うと》いと、自分が今不必要にお金をつかっているとは、なかなか気づきにくい。それはつまり、自分が今何かをつらく感じていると気づきにくい、ということでもある。ソファテーブルが奇妙な買いものであったと気づいて以降、私はできるだけ、自分の買いもののしかたに注意するようになった。衝動買いや、不必要な買いものの多いときは、何かをしんどいと思っている証拠なのだ。そのしんどいことはなんなのか、自分に問うようになった。節約したいというよりも、お金が心のバランスを取り戻してくれるとは、どうしても信じられないからだ。お金が何をしてくれて、何をしてくれないのか、二十代のときよりはるかに私は学んでいて、そのことにちょっと安堵《あんど》もする。某スーパーの豚肉は百グラム110円だが、百グラム150円の某肉屋の豚肉のほうがおいしいからそちらを買おう、でも、ティッシュは50円安かった某ドラッグストアで買おう、などと商店街を今日もみみっちく走りまわりながら、そんなことを思うのである。

（2009年1月）

この作品は平成十七年五月晶文社より刊行された。

新潮文庫最新刊

新潮文庫最新刊

河野裕著
さよならの言い方なんて知らない。6
架見崎に現れた新たな絶対者。「彼」の登場が、戦う意味をすべて変える……。そのとき、トーマは？　裏切りと奇跡の青春劇、第6弾。

上田岳弘著
太陽・惑星
新潮新人賞受賞
不老不死を実現した人類を待つのは希望か、悪夢か。異能の芥川賞作家が異世界より狂った人間の未来を描いた異次元のデビュー作。

藤沢周平著
市塵（上・下）
芸術選奨文部大臣賞受賞
貧しい浪人から立身して、六代将軍徳川家宣と七代家継の政治顧問にまで上り詰め、権力を手中に納めた儒学者新井白石の生涯を描く。

幸田文著
木
北海道から屋久島まで木々を訪ね歩く。出逢った木々の来し方行く末に思いを馳せながら、至高の名文で生命の手触りを写し取る名随筆。

瀬戸内寂聴著
命あれば
寂聴さんが残したかった京都の自然や街並み。時代を越え守りたかった日本人の心と平和な日々。人生の道標となる珠玉の傑作随筆集。

黒川伊保子著
「話が通じない」の正体
—共感障害という謎—
上司は分かってくれない。部下は分かろうとしない——。全て「共感障害」が原因だった！　脳の認識の違いから人間関係を紐解く。

しあわせのねだん

新潮文庫　か－38－5

平成二十一年三月一日発行
令和四年三月五日六刷

著者　角《かく》田《た》光《みつ》代《よ》

発行者　佐藤隆信
発行所　株式会社新潮社
郵便番号　一六二―八七一一
東京都新宿区矢来町七一
電話　編集部(〇三)三二六六―五四四〇
読者係(〇三)三二六六―五一一一
http://www.shinchosha.co.jp

価格はカバーに表示してあります。
乱丁・落丁本は、ご面倒ですが小社読者係宛ご送付ください。送料小社負担にてお取替えいたします。

印刷・株式会社光邦　製本・加藤製本株式会社

ISBN978-4-10-105825-2 C0195